JEANNE DE BEL

54 Tage

Das Sterben meiner Mutter

novum pro

www.novumverlag.com

Bibliografische Information
der Deutschen Nationalbibliothek:

Die Deutsche Nationalbibliothek
verzeichnet diese Publikation in
der Deutschen Nationalbibliografie.
Detaillierte bibliografische Daten
sind im Internet über
http://www.d-nb.de abrufbar.

Alle Rechte der Verbreitung,
auch durch Film, Funk und Fernsehen,
fotomechanische Wiedergabe,
Tonträger, elektronische Datenträger
und auszugsweisen Nachdruck,
sind vorbehalten

Gedruckt in der Europäischen Union
auf umweltfreundlichem, chlor- und
säurefrei gebleichtem Papier.

© 2023 novum Verlag

ISBN 978-3-99131-813-2
Lektorat: Sandra Mizera
Umschlagfotos:
Okawarung, Ekaterina Ruanet,
Ruslan Zagidullin | Dreamstime.com
Umschlaggestaltung, Layout & Satz:
novum Verlag

www.novumverlag.com

Inhaltsverzeichnis

Vorwort 9

Unsere Mutter 11
Montag, 11. Oktober 2021 13
Mittwoch, 13. Oktober 2021 15
Donnerstag, 14. Oktober 2021 17
Freitag, 15. Oktober 2021 18
Samstag, 16. Oktober 2021 19
Sonntag, 17. Oktober 2021 22
Freitag, 20. Oktober 2021 25
Sonntag, 24. Oktober 2021 26
Dienstag, 26. Oktober 2021 26
Donnerstag, 28. Oktober 2021 27
Donnerstag, 3. November 2021 28
Sonntag, 7. November 2021 29
Sonntag, 14. November 2021 30
Mittwoch, 17. November 2021 32
Donnerstag, 18. November 2021 33
Samstag, 20. November 2021 33
Sonntag, 21. November 2021 35
Sonntag, 28. November 2021 36
Mittwoch, 01. Dezember 2021 37
Donnerstag, 02. Dezember 2021 38
Freitag, 03. Dezember 2021 38
Samstag, 04. Dezember 2021 40
Sonntag, 05. Dezember 2021 46

Montag, 06. Dezember 2021 54
Dienstag, 07. Dezember 2021 56
Mittwoch, 08. Dezember 2021 58
Donnerstag 09. Dez.2021 60
Freitag, 10. Dezember 2021 60
Samstag, 11. Dezember 2021 63
Montag, 13. Dezember 2021 63
Dienstag, 14. Dezember 2021 64
Freitag, 17. Dezember 2021 65
Samstag, 18. Dezember 2021 68
Freitag, 24. Dezember 2021 68
Samstag, 25. Dezember 2021 69

**Januar der erste Monat
nach dem Tod** 70
Montag, 17. Januar 2022 71
Freitag, 4. Februar 2022 71
Montag, 7. Februar 2022 71
Donnerstag, 10. Februar 2022 72
Samstag, 12. Februar 2022 72

Schlusswort 73

Danksagung 74

In Gedenken an unsere liebe Mutter

Vorwort

Anfang sollte das Schreiben dieses Buches ausschließlich der Verarbeitung meiner Trauer dienen. Vielleicht hätte es mir geholfen, wenn ich mehr auf den Tod meiner Mutter vorbereitet gewesen wäre. Vorstellungen, wie die letzten Tage ablaufen könnten und was es alles zu erledigen gibt, hätten mir vielleicht ein bisschen Stress und einige Sorgen genommen. Daher habe ich die Hoffnung, den Menschen da draußen, die sich vielleicht in einer ähnlichen Situation befinden, etwas Klarheit oder Kraft geben zu können. Zudem ist dieses Erlebnis immer noch unfassbar für mich, viele Dinge sind nicht angesprochen worden, teilweise bestehen nur verschiedene Vermutungen im Hinblick auf diese, deswegen finde ich es wichtig, die Geschichte zu erzählen! Damit unsere Familie anonym bleibt, habe ich die Namen der handelnden Personen geändert. Wir sind Geschwister. Die älteste Schwester nenne ich Malin, dann kommt Felix, als nächstes Ronja und die Jüngste bin ich. Genau in dieser Reihenfolge sind wir geboren worden.

Diesen Text haben wir nach dem Tod unserer Mutter in ihren Sachen gefunden:

Das bin ich – Ich bin die, mit der man ganz oft lachen kann. Die manchmal etwas völlig Verrücktes macht, die jemanden umarmt, weil sie denjenigen mag. Die trösten kann, die liebt und geliebt werden will. Die sich auch manchmal wie ein Kind benimmt, die weint, die ihre

Lieblings-CD hört und träumt. Die in der Sonne liegt und dem Gras beim Wachsen zusieht. Die gerne im Bett liegt und dem Regen lauscht. Die da ist, wenn man sie braucht, die stark, aber schwach ist. Die fröhlich, aber auch ängstlich ist, die verständnisvoll, aber auch mal bockig ist. Das bin ich.

Unsere Mutter

Ich würde unsere Mutter als sehr liebevoll und großzügig beschreiben. Sie war immer erst für alle anderen da und kam selbst viel zu kurz. Sie war organisiert und doch chaotisch. Die Beziehung zwischen mir und meiner Mutter war sehr innig. Zwei- bis dreimal in der Woche telefonierten wir oder trafen uns. Womit ich im Leben auch zu kämpfen hatte, sie war stets für mich da und half mir weiter. So war sie. Herzensgut, hilfsbereit und sie ging mit viel Humor durchs Leben. Sie liebte meinen Sohn aus tiefstem Herzen. So wie alle ihre Enkel. Sie wollte stets Zeit mit ihm verbringen. Wir grillten oft bei ihr im Garten und spielten Kartenspiele. Sie ging mit mir einkaufen und fuhr mich zu Terminen. Sie war gut zu meinen Freunden und alle waren bei ihr herzlich willkommen. Sie hörte einem zu. Sie machte oft Spaß und gehörte einfach zu uns Jungen dazu. Jeder mochte sie. Zu jedem Fest oder Geburtstag brachte sie einen Kuchen mit. Selbst gebacken. Leider lernte sie erst, je älter sie wurde, nein zu sagen. Nein zu den Menschen, die sie nicht mochte, nein zu den Dingen, die sie nicht wollte. Einzustehen für sich selbst. Und sie sagte mir immer wieder, dass sowohl ich als auch sie direkter werden müssten. Das Wichtigste, was ich in dieser Situation gelernt habe ist, dass Zeit das wichtigste Gut ist. Hat man zu wenig Zeit, kann das schrecklich enden. Leider ließ uns die Krankheit unserer Mutter zu wenig Zeit. Jeanne de Bel

Manchmal konnte ich ihre Entscheidungen nicht nachvollziehen und war wütend, weil sie alles für ihre Kinder aufgab, sich selbst immer hinten anstellte. Zeit ist das Wertvollste, das man haben kann und es ist uns nicht bewusst, wie sehr wir sie brauchen. Nach so einer Diagnose scheint einem nichts mehr wichtig. Alles, was einen erfreut hat, macht keinen Spaß mehr. Alles, womit man vorher seine Zeit verbracht hat, spielt keine Rolle mehr. Es war schwer zu ertragen, meine starke Mutter so verletzlich zu sehen. Sie war zum Krankenhauspersonal immer sehr freundlich und hilfsbereit sowie verständnisvoll. – Ronja

Bei unserer Mutter kamen wir immer an erster Stelle. Sie wollte immer helfen. Ihr Haus stand immer offen. Egal ob für uns oder unsere Freunde. Alle wurden herzlich empfangen. Mit ihr konnte man lachen. Sie war so unglaublich stark und mitfühlend und gab nicht auf. – Felix

Meine Mutter ist gestorben! Ich erinnere mich an gute und herausfordernde Momente mit ihr. Wenn ich sie mit einem Wort beschreiben müsste, würde ich das Wort **„Tragende"** wählen. Sie hat vieles **getragen.** Zum Beispiel die finanzielle Herausforderung, ein Haus zu haben, oder die Nöte von uns Kindern. Wenn wir oder andere etwas brauchten, war sie sofort zur Stelle und half. Sie hat auch Hoffnung in sich **getragen**, dass alles besser werden würde, selbst als sie krank wurde. Sie hat uns auch oft **ertragen**, wenn wir schlechte Laune hatten. Soziale Ungerechtigkeiten, die ihr in den verschiedensten Bereichen zugefügt worden waren, hat sie **ertragen**. Natürlich nicht ganz, ohne sich darüber zu ärgern. Sie konnte Situationen aushalten, die ich nicht hätte **ertragen** können und das bewundere ich an ihr. Liebevoll setzte sie sich für andere ein und vergaß sich dabei oft selber. Wenn mehr Menschen sich so um andere kümmern würden, wäre diese Welt eine bessere Welt. Diese Bereitschaft sich selbst hintenanzustellen macht mich oft wütend, und gleichzeitig ist es das, was ich von ihr lernen kann. – Malin

Soweit ich mich erinnern kann, hatte sie mindestens ein Jahr lang Magen-Darm-Probleme, Schmerzen und Schwächeanfalle. Mindestens dreimal mussten wir ins Krankenhaus mit ihr, in die Notfallstation, sowie öfters zu Ärzten. Es wurden diverse Bluttest gemacht und ein Ultraschall. Leider wollte niemand genau hinschauen. Mal hieß es, sie habe eine Blinddarmentzündung, auf der Leber wurden Zysten gefunden, welche nicht genauer untersucht wurden und wenn die Ärzte nichts finden konnten, dann lag die Beschwerden an der nicht mehr vorhandenen Gallenblase. Als sie dann noch im Januar 2021 an COVID 19 erkrankte, hieß es schlussendlich, sie leide an Long COVID. Über ein Jahr dauerte es, bis bei ihr ein MRT gemacht wurde.

Montag, 11. Oktober 2021

Ich war in der Arbeit, als ich in unserem Familienchat neue, ungelesene Nachrichten sah. Wir haben einander oft lustige Sachen geschickt. Dann legte ich das Handy weg, um weiterzuarbeiten. Es war kurz vor meinem Feierabend. Da rief mich Ronja an und fragte mich mit zittriger Stimme, ob ich die Nachricht auf meinem Handy schon gelesen hätte. Ich stellte sie auf Lautsprecher und sah nach. Das war der erste Schlag. Meine Mutter hatte Bauchspeicheldrüsenkrebs mit Metastasen auf der Leber! Sie hatte nur noch Monate zu leben! Obwohl ich mich nicht auskannte mit Krebs, wusste ich, dass dies ihr Todesurteil war. Mir war dieser Krebs irgendwo schon zu Ohren gekommen. Meine Innereien zogen sich zusammen und mir wurde übel. Dann sah ich, dass ein Kunde vor der Tür stand. Ich unterbrach das Telefonat mit Ronja. Komplett unter Schock sah ich, wie der Kunde versuchte, mit dem Fahrrad hinein in den Laden zu kommen. Er entschied sich dann aber anders und stellte es draußen ab. Mit zittrigen Händen bediente ich ihn und kaum war er draußen, bekam ich keine Luft mehr. Unter Tränen rief ich sie zurück und bat sie, mich von der Arbeit abzuholen, damit wir zu Mama fahren konnten. Dann rief ich meinen Freund an, konnte aber kaum reden. Er fragte sofort, was los sei und ich schrie hysterisch ins Telefon, dass Mama krank sei. Er war schockiert und sagte nicht viel, hatte aber natürlich Verständnis dafür, dass ich später nach Hause kommen würde. Ich durfte den Laden erst in zehn Minuten schließen und die kamen mir wie eine Ewigkeit vor. In der Zwischenzeit hat Felix Ronja geschrieben, dass wir bitte vorbeikommen sollen. Er wohnte damals wieder bei Mama und wurde alleine nicht damit fertig. Als wir ankamen, wurde Ronja nervös. Wir wussten nicht, was wir zu Mama sagen sollten. Wir konnten ja nicht fragen, wie es ihr geht. Mama war schockiert, aber weinte nicht! Sie war wütend auf die Ärzte, aber sie hatte Hoffnung. Auch ich weinte nicht vor ihr, wollte so stark sein wie sie! Ich hatte so viele Fragen, aber meine Mutter hatte auch nicht mehr Informationen. Erst nach weiteren Untersuchungen sollten wir Antworten bekommen. Dies war jedoch nie der Fall. So redeten wir den ganzen Abend, tranken eine Flasche Wein und Baileys. Meine Mama war erst skeptisch, ob ihr der Alkohol nicht noch mehr schaden würde. Aber dann sagte sie, dass es jetzt sowieso nicht mehr darauf ankäme.

Ich war ein bisschen betrunken, weil ich es nicht gewohnt bin, zu trinken. Als ich zu Hause bei meinem Freund und meinem Sohn ankam, flossen die Tränen heftiger denn je. Ich schrie und schluchzte. Dann bekam ich regelrecht Atemnot. Da mich meine beste Freundin Runa schon versuchte zu erreichen, rief ich sie zurück. Ich weinte am Telefon und wir waren beide fassungslos.

Mittwoch, 13. Oktober 2021

Am Nachmittag hatte meine Mama einen Termin bei dem Hausarzt. Ihre Schwester begleitete sie. Ich rief sie an, um nachzufragen, wie das Gespräch verlaufen war. Die Ärzte redeten um den Brei herum, bis meine Tante darauf bestand, Klartext zu reden. Da sie Pflegerin war, wusste sie, wie mit Ärzten zu kommunizieren ist. Da kam der nächste Schlag. Es blieben meiner Mama nur noch

Monate zum Leben. Ich konnte nicht mehr stark bleiben und weinte. Wie traurig, dass sie mich aufbaute, anstatt ich sie. Denn sie sagte zu mir mit ruhiger Stimme, dass ich nicht weinen muss. Ich schrieb Ronja, dass es Neuigkeiten gebe und, ob sie bitte zu mir kommen könne. Im ersten Moment wollte sie nicht. Sie wollte nicht noch mehr Niederschmetterndes erfahren und dachte, dass wir damit noch zwei Tage warten können. Es war nämlich ohnehin ein Familientreffen ausgemacht, um die Situation zu besprechen. Am Abend war geplant, dass Runa und ich joggen gehen würden. Als sie ankam und mich verheult sah, wusste sie, dass aus dem Sport nichts werden würde. Ich sagte ihr, dass wir besser spazieren sollten und meiner Schwester Ronja noch Bescheid geben müssen. Wir gingen die Treppen hoch und Ronja hörte uns schon von weitem. Also klingelten wir bei ihr. Als sie meine Tränen sah, wusste sie gleich, dass es keine guten Nachrichten gibt. Sie fragte, wie schlimm es sei, und ich antwortete, dass es nicht gut aussieht. Runa konnte sie nicht mal anschauen. Ronja schossen die Tränen in die Augen. Sie sagte, wir würden unten auf sie warten. Bei der Eingangstür sah uns vom Balkon aus unser Nachbar Andreas. Er wollte auch mitkommen. Wir liefen los – in den Wald. Ronja wollte nicht warten und gleich die Wahrheit wissen. Also, kurz, doch schmerzvoll, Mama blieben nur noch Monate. Jeder weinte still vor sich hin. Es war stockdunkel, aber auch sehr ruhig im Wald. Ich war dankbar, einen so schlimmen Abend mit solchen wertvollen Menschen verbringen zu können.

Donnerstag, 14. Oktober 2021

Drei Tage später hatte Mama einen Eingriff im Krankenhaus, da der Tumor auf den Gallengang drückte. Ich durfte früher von der Arbeit gehen, damit ich für sie einkaufen konnte, meine Freundin Eva half mir. Danach schaute ich bei ihren Hunden im Haus vorbei. Mein Bruder Felix saß auf der Treppe und fragte mich, ob sie denn wieder gesund werde. Anscheinend war die schreckliche Tatsache bei ihm noch nicht angekommen. Wir fuhren zu mir nach Hause, weil ich ihn nicht allein lassen wollte. Sein bester Freund und Ronja kamen auch noch vorbei. Wir hörten Musik und unterhielten uns. Überlegten uns, welches Lied auf der Beerdigung gespielt werden soll und was wir anziehen würden. Dann fühlten wir uns schlecht wegen diesen absurden Gesprächen. Sie lebte noch, also gab es andere Dinge zu bereden. Wie sich im Nachhinein herausstellte, war es nicht zu früh für solche Gespräche gewesen und wir waren froh, dass wir schon gewisse Vorstellungen besprochen hatten. Jeder Mensch geht anders mit so einer Situation um, das musste ich in dieser Zeit lernen. Dann war es ruhig und Felix fing an zu weinen. Das brach uns das Herz. Er wurde unruhig und aggressiv. Insgeheim hatte er wohl Angst, sie pflegen zu müssen, da er im selben Haushalt lebte. Absolut verständlich. Uns wurde gesagt, dass Mama circa um 17.00 Uhr nach Hause gehen darf und wir warteten. Sie musste auf den Arzt warten, für die Nachbesprechung. Nach mehrmaligem Nachfragen, und da der Arzt unauffindbar war, wurde sie von einer Pflegekraft um 21.00 Uhr entlassen ohne ein Gespräch mit einem Arzt. Sie hatte allerdings Schmerzen. Nach mehr als 24 Stunden und mehreren erfolglosen Anrufen bekam ich dann schlussendlich den Arzt ans Telefon und konnte einen Termin ausmachen. Schließlich wollten wir wissen, ob der Eingriff gut verlaufen war.

Freitag, 15. Oktober 2021

Die ganze Familie traf sich dann auf Mamas Wunsch hin bei ihr zu Hause. Meine beiden Schwestern Ronja und Malin, mein Bruder Felix, und sogar unser Vater kam, obwohl sie geschieden waren. Sie hatten ein gutes Verhältnis und waren immer auf das Wohl von uns Kindern bedacht. Das rechnen wir ihnen hoch an. Wir wollten besprechen, was alles zu erledigen war und wie es weitergehen soll. Meine Mutter erzählte dann aber fröhlich, die Auskunft der Krankenkasse meinte, dieser Tumor sei durchaus operabel. Obwohl wir insgeheim mit dem Schlimmsten rechneten, verliefen die Gespräche an diesem Abend anders als geplant. Wir machten dann keine Nägel mit Köpfen, sondern sprachen nur oberflächlich. Niemandem schien in diesem Moment klar zu sein, wie ernst die Lage war. Denn wenn sie noch Monate zu leben hatte, hatten wir noch genug Zeit. Das dachten wir zumindest.

Samstag, 16. Oktober 2021

Ich war auf dem Weg zur Arbeit, als Ronja mit Mama im Auto an mir vorbeifuhr. Als ich die beiden sah, lief ich dem Auto hysterisch nach, bis sie anhielten. Schließlich wollte ich wissen, was der Arzt gesagt hatte. Die Gesichter der beiden verrieten mir schon alles! Sie wollten Kaffee holen und dann zu mir in die Arbeit kommen. Ich öffnete schon mal den Laden und verspürte leichte Panik hochkommen. Einen kurzen Moment zum Weinen hatte ich noch, bevor sie hineinkommen würden. Mama sollte nicht sehen, wie schlecht es mir ging. Sie erzählten mir, dass es keine Hoffnung mehr gab und der Arzt ihr Morphium verschrieben hatte. Im Nachhinein erzählte mir Ronja, dass unsere Mutter bei dem Termin geweint hatte. Plötzlich hatte Mama starke Schmerzen. Wir konnten zusehen, wie sie zunehmend blasser wurde. Ihre Haltung war zittrig, verkrampft und sie hatte Schweißausbrüche. Natürlich brachten wir ihr Wasser und versuchten, ihr zu helfen. Dann streichelte ich ihr den Rücken in kreisenden Bewegungen und betete zu Gott so intensiv, wie ich konnte. Ronja saß schockiert da und ich bemerkte, dass sie es, die Situation, kaum aushalten konnte. Nach einer Weile ging es Mama besser und sie meinte, das habe gutgetan, das Streicheln. Sie gingen und ich konnte endlich weinen. Ronja brachte Mama nach Hause, machte ihr Tee, half, Medikamente zu sortieren und schaltete ihr den Fernseher ein. Danach musste sie zur Arbeit.

Abends waren wir zum Essen bei meinen Nachbarn, einem älteren Paar, eingeladen. Aber mein Partner weinte wegen des Zustands meiner Mutter und wir waren unschlüssig, ob wir absagen sollten. Schließlich entschieden wir uns dazu, hinzugehen, denn wir brauchten Ablenkung. Als wir ankamen, merkte die Gastgeberin gleich, dass mit uns etwas nicht stimmte und als wir alles erzählten, musste auch sie weinen. Als wir mit dem Essen fertig waren, schrieb mir mein Bruder Felix eine Nachricht, weil Mama solche Schmerzen hatte. Ich rief ihn an und fragte, ob ich kommen soll. Und er war froh. Da war es schon nach 22.00 Uhr. Meine Nachbarin fuhr mich gleich zu ihnen. Als ich bei Mama im Zimmer ankam, sagte sie nur noch: „Bitte ruf den Krankenwagen an." Sie konnte Schmerzen gut aushalten, weshalb mich diese Bitte aus der Fassung brachte. Nie würde sie freiwillig den Krankenwagen rufen! Stotternd rief ich den Notdienst an und versuchte, die Fragen zu beantworten, die gestellt wurden, aber ich stand neben mir. Als die Sanitäter ankamen, öffnete ich die Tür, damit sie schnell reinkommen konnten. Da sah ich eine Frau in einem Audi sitzen, hinter dem Krankenwagen. Sie ließ den Motor laufen und machte ein Foto von dem Krankenwagen, weshalb ich ihr den Vogel zeigte. Daraufhin ließ sie eine Scheibe runter und fragte mich, ob der Krankenwagen nicht woanders parken könne, damit sie zu ihrem Parkplatz kommen könne. „Nein!", schrie ich und wurde wütend. „Kann man sich nicht mal mehr für fünf Minuten gedulden?" Ich ging hoch und sah zu, wie Mama Morphium gespritzt wurde. Sie lag da im Bett, überall Geräte und die Sanitäter. Das war zu viel für mich. Denn mir wurde bewusst, was noch alles auf uns zukommen würde. Also ging ich kurz in den Flur und weinte. Dann meinten die Sanitäter, dass sie Mama in ein größeres Krankenhaus bringen würden. Wir durften nicht mitfahren. Dann brachten sie Mama raus, gefolgt von meinem Bruder und mir. Als er die Frau sah, lief er schreiend und sehr aufgebracht auf ihr Auto zu. Er meinte, sie solle sich nicht so schlecht benehmen, denn man sehe den Notfall ja offensichtlich. Ich ging dazwischen und sagte wütend, dass es keinen Sinn mache. Wir schauten ihnen beim Wegfahren nach. Als sie aus unserem Blickfeld waren, konnte ich ausflippen und musste nicht mehr stark sein. Ich wusste nicht mal, ob sie die Nacht überleben würde. Völlig hysterisch rief ich meinen Vater an. Reden konnte ich nicht viel, aber ich bat ihn, herzukommen. Mein Freund war zu Hause bei unserem Sohn und ich brauchte dringend jemanden, der mir Halt gab. Während wir draußen warteten, kam dann die Frau, die anscheinend eine Nachbarin war, zu uns und entschuldigte sich. Wir konnten dann anständig miteinander reden. Mein Vater war nach zehn Minuten da. Ich wartete draußen auf ihn und lief ihm weinend in die Arme. Wahrscheinlich war ich zu laut, denn er bat mich, reinzugehen. Ich erklärte ihm die Situation und er war sofort hilfsbereit und wollte bei mir bleiben. Mein Bruder wollte im Haus bleiben. Wir fuhren ins Hotel, wo meine Schwester Ronja Nachtschicht hatte. Erst wollten wir keine Panik verbreiten, da aber alle vier Kinder als Notfallkontakt gemeldet waren, wollten wir, dass sie es von uns erfährt. Es konnte schließlich auch sein, dass das Krankenhaus sie anrufen würde. Sie war sowieso schon gestresst und genervt. Schockiert sah sie uns an und dachte, Mama sei gestorben. Sie wollte draußen mit uns sprechen, damit niemand etwas mitbekomme. Ich sah ihr gleich den Nervenzusammenbruch an und beruhigte sie schnell mit den Worten, dass Mama noch lebte. Sie atmete erleichtert aus. Dann erzählte ich, was passiert war und dass Mama jetzt im Krankenhaus ist. Papa fragte sie, ob es ihr gut genug gehe, um weiterzuarbeiten, und sie bejahte. Aber ich war nicht überzeugt. Dann fuhren wir aber und sie ging wieder rein ins Hotel. Der Sanitäter meinte, bevor sie losfuhren, wir könnten uns in circa zwei Stunden über ihren Zustand informieren. Also kam mein Vater noch zu mir und wir tranken Tee und blieben wach. Um 1.00 Uhr nachts riefen wir das Krankenhaus an. Dort hieß es aber, dass es noch keine genauen Informationen gebe. Nach langem Informieren übers Internet, einer Tasse Hanftee und einer Schlafmeditation konnte ich schließlich ein paar Stunden schlafen.

Sonntag, 17. Oktober 2021

Am nächsten Vormittag führte ich neun Telefonate! Mit Verwandten und Freunden, alle hatten Angst und ich hatte am Ende keine Nerven mehr! Unser Onkel wollte sie heute besuchen, deswegen habe ich ihn auch kontaktiert. Sein Weg war lange und ich wusste, er würde früh losfahren. Mein Sohn kam immer wieder und wollte mit mir spielen, aber ich hatte keine Zeit. Ich vertröstete ihn um zehn Minuten, aber genau da klingelte das Telefon schon wieder. Engere Verwandte wollten, dass sie noch am selben Tag in eine Anthroposophische Klinik verlegt wird. Aber wie sollte ich sie dazu bewegen, wenn ich noch nichts von ihr gehört hatte? Um 9.00 Uhr am Morgen rief ich auf der Station an und durfte mit ihr reden. Sie war völlig müde und erschöpft, vor allem aber verwirrt vom Morphium. Da bat sie mich, ein paar Sachen vorbeizubringen, da sie ein paar Tage bleiben musste. Und sie wollte meinen Sohn sehen, da die beiden ein Herz und eine Seele waren. Also fuhr ich mit meinem Sohn und meinem Vater ins Krankenhaus. Natürlich musste ich zuerst woandershin, um einen COVID-Test zu machen, damit ich überhaupt ins Gebäude durfte. Es machte mir nichts aus, dieses zusätzliche Geld auszugeben, aber der zusätzliche Stress bereitete mir Mühe. Vor Ort funktionierte die App nicht, viele Leute standen an und es war einfach mühsam. Während der Fahrt fragte mein kleiner Junge, warum Oma im Krankenhaus war. Völlig überfordert meinte ich, dass sie etwas im Bauch habe. Er dachte, sie habe ein Baby im Bauch. Wir mussten lachen. Aber schließlich kamen wir bei ihr an und sie freute sich über unseren Besuch. Sie war blass und sehr müde, aber wir hatten sie in einem schlimmeren Zustand erwartet. Wir blieben circa eine Stunde.

Wir entschieden uns, eine Gruppe zum Schreiben zu erstellen, in der Mama nicht dabei war. Nicht, weil wir hinter ihrem Rücken über sie reden wollten, sondern weil wir sie nicht verletzen wollten. Auch alle gleichzeitig über ihren Zustand informieren zu können, erschien uns als ein guter Weg. In diesem Chat gab es immer wieder heftige Diskussionen und sogar Streit. Die einen lebten noch mit der Hoffnung, dass wir mehr Zeit haben würden, die anderen hatten die Situation akzeptiert und wollten schon mal im Vorfeld Dinge erledigen. Mama war verwirrt von den Medikamenten und wollte und konnte keine Entscheidungen treffen. Einige von uns wussten, was eine Beerdigung alles mit sich brachte, andere wollten auf Mamas Zustimmung in allen Belangen warten. Hätten wir doch lieber die Zeit mit ihr genossen! Der viele Kontakt zueinander tat uns aber auch gut. Malin sagte einmal, wir vier Geschwister müssen zusammenhalten, das sei das Wichtigste, denn es gäbe immer jemanden, der mit etwas nicht einverstanden sei. Wie Recht sie hatte. In dieser Zeit beschäftigte sie sich mit den Versicherungen, dem Testament und Bürokram. Felix zog sich immer mehr zurück und hörte mit Kopfhörern Musik. Ronja kannte jede Fernsehserie auswendig und gab viel zu viel Geld in Onlineshops aus.

Sie war noch ungefähr eine Woche da und es wurden diverse Untersuchungen gemacht. In der Zwischenzeit beschafften ihre Geschwister einen Platz in dieser speziellen Klinik. Meine Mutter war gestresst. Alle wussten es besser und trafen Entscheidungen für sie. Redeten von Palliativpflege, aber sie war noch nicht bereit dafür.

In dieser Woche versuchte ich, sie nicht zu oft anzurufen. Ich weinte jeden Abend auf dem Nachhauseweg, immer an derselben Stelle und weiß bis heute nicht, wieso immer in genau dieser Kurve. Selbst, wenn ich ein fröhliches Lied hörte (traurige Musik kam nicht in Frage). Ziemlich oft telefonierte ich mit meinen besten Freunden und meiner Familie, weil ich Stille nicht aushalten konnte. Zu Hause war immer der Radio oder der Fernseher an. Ich las alles über Krebs, was ich finden konnte und bestellte Bücher zum Thema Trauer. Das war meine Art, damit fertigzuwerden. Die Hauptsache war, dass ich etwas zu tun hatte und beschäftigt war. Außerdem entdeckte ich mein erstes graues Haar! Und ich hatte enorme Magen-Darm-Probleme. Ich holte mir pflanzliche Kapseln zur Beruhigung und hatte das Gefühl, sie halfen ein bisschen. Einmal bekam ich eine Panikkattacke und ich hatte Mühe, zu atmen. Ronja rief den Hausarzt von Mama an und bat ihn, die Unterlagen an einen Spezialisten zu senden. Wir hatten den Eindruck, dass der Hausarzt ein schlechtes Gewissen, ja sogar Angst hatte. Angst davor, was wir zu sagen hatten. Von ihm kam auch nach dem Tod die erste Trauerkarte. Als Mama davon erfuhr, war sie sauer, weil es offenbar jeder besser wusste. Allerdings sagte sie eine Woche zuvor zu Ronja, dass sie unbedingt zu einem Spezialisten gehen wollte. Wir wollten sie nicht bevormunden, wir wollten nur, dass sie lebt.

Freitag, 20. Oktober 2021

Mein Partner hatte einen Termin beim Hautarzt, da ein Muttermal verdächtig aussah. Es wurde entfernt und wir mussten ein paar Tage auf das Ergebnis warten. Der Arzt meinte, es sehe nicht nach schwarzem Hautkrebs aus und sei sehr wahrscheinlich harmlos. Wir konnten aufatmen. Am Vormittag brachte mein Vater Mama aus dem

Krankenhaus nach Hause. Ihr Arbeitsteam hatte ihr einen wunderschönen Blumenstrauß ins Krankenhaus geschickt. Mama meinte erst, sie könne allein zum Parkhaus gehen, aber Papa hatte sie von der Station abgeholt und ihre Tasche getragen.

Sonntag, 24. Oktober 2021

Ich besuchte sie am Vormittag mit meinem Sohn bei ihr zu Hause. Da sie meinen Fragen auswich, spürte ich, dass sie noch nicht bereit war zu sterben oder sich mit dem Thema zu befassen. Also saßen wir den ganzen Vormittag mit meinem Sohn da und schauten Kinderserien im Fernsehen. Ich wollte für die Hunde einen Platz suchen und andere Dinge erledigen. Die Hausurkunde suchen und solche Dinge, aber ich merkte, dass dies nicht der richtige Zeitpunkt war. Also redeten wir praktisch kein Wort und das war in Ordnung. Danach fuhr ich direkt mit meiner Freundin Runa und unseren Kindern für eine Nacht in die Berge. Das tat gut, Ablenkung und Luftveränderung.

Dienstag, 26. Oktober 2021

Die Untersuchung bei meinem Partner ergab die Diagnose Schwarzer Hautkrebs. Ein weiterer Schock. Es musste ziemlich viel Gewebe entfernt werden. Dann wurde geschaut, ob der Krebs schon gestreut hatte. Die Ärzte fanden zum Glück nichts. Eine Krebsdiagnose ist für einen selbst und die Angehörigen nicht leicht. Selbst wenn der Krebs noch nicht gestreut hat. So eine Diagnose macht etwas mit einem Menschen. Mein Partner musste noch viele Tests und Untersuchungen über sich ergehen lassen. Er hat diesen Schock bis heute nicht verdaut. Dass beide gleichzeitig an Krebs erkrankten und meine Mama daran starb, war zu viel. Ich merke jeden Tag, wie es ihn mitnimmt. Er betete zu Gott, dass meine Mama gesund werden sollte. Aber sein Plan war ein anderer.

Donnerstag, 28. Oktober 2021

Es hieß, dass Mama am nächsten Tag in diese Klinik eintreten kann. Nach mehreren Telefonaten mit unterschiedlichen Sekretärinnen kam jedoch heraus, dass sie schließlich bis Mittwoch warten musste. Aber als sie in der Klinik ankam, schickte sie uns Fotos und schwärmte von der Aussicht sowie dem Personal. Die Musiktherapie und die Ärzte, sie fühlte sich wohl und ernst genommen. Nur die Schmerzen bekamen sie nicht unter Kontrolle. Auch da machte sie verschiedene Untersuchungen, aber konnte mir meine Fragen nie genau beantworten. Sie war drei Wochen stationär da und hatte großartige Zimmernachbarn. Wir versuchten in dieser Zeit, ein paar Dinge zu regeln. Haus, Hunde, Auto etc., aber sie hatte keine Kraft dafür. Damals war es anstrengend, ohne ihre Zustimmung Entscheidungen zu treffen. Im Nachhinein verstehe ich, warum sie dies nicht konnte. Zudem war sie verwirrt und müde vom Morphium. Wir wussten nicht mehr, was wir glauben konnten und sie wusste nicht mehr, was sie uns am Vortag gesagt hatte. Also versuchte ich, diesen Schmerz mit Shoppen zu lindern. Ich bestellte mir oft etwas aus dem Internet. Nebenbei informierte ich mich über einen Hausverkauf, Tierheime, Autohändler, und ich kontaktierte einen Notar. Die Stille war unerträglich!

Donnerstag, 3. November 2021

In der ersten Woche war ich mit meiner Freundin Eva und meinem Sohn bei ihr zu Besuch in der Klinik. Als wir ankamen, war sie, völlig verkabelt an Geräten, im Park und sammelte Blätter von den Bäumen. Für eine Bastelarbeit. Sie freute sich, als sie uns sah. Wir brachten ihr Dinge von zu Hause mit und es schien ihr nicht schlecht zu gehen. Sie war kein Mensch, der jammerte oder zugibt, wie schlimm es wirklich ist. Da nur eine Person im Zimmer erlaubt war, wollten wir in die Cafeteria. Dort durften allerdings nur geimpfte Personen hinein, also mussten wir uns draußen hinsetzen. Zum Glück war es nicht so kalt, also waren wir eine Viertelstunde draußen und gingen dann in den Wartebereich. Da gab es bequeme Stühle, also blieben wir sitzen, bis Mama Schmerzen bekam. Ich brachte sie nach oben in ihr Zimmer. Mein Sohn wollte mit hinein und war traurig, dass sie nicht mit nach Hause kam. Der Abschied fiel schwer.

Danach hörten wir von Tag zu Tag weniger von ihr. Sie schlief oft und war vom Morphium benebelt. Oft vergaß sie einfach, die getippten Nachrichten abzuschicken. Also machten wir uns aus, dass sobald jemand aus der Familie etwas von ihr hörte, derjenige die anderen Familienmitglieder informieren sollte. Denn die Sorgen wuchsen von Tag zu Tag. Immer öfter mussten die Ärzte punktieren, also das viele Wasser aus ihrem Bauch ziehen. Das war zwar kein großer Eingriff, aber laut den Informationen aus dem Internet ein schlechtes Zeichen. Es soll ein Fortschreiten der Krankheit andeuten.

Sonntag, 7. November 2021

Am Vormittag war ich mit meiner Freundin Runa und meinem Sohn bei ihr. Da Mama die Woche darauf mit der Chemotherapie anfangen durfte, informierte ich mich darüber. Ich brachte ihre Kopftücher und Babyshampoo, falls ihr die Haare ausfallen würden, außerdem zeigte ich ihr, wie sie Tücher binden konnte. Ich war nicht komplett gegen eine Chemo, aber fragte mich, ob ihr Körper dies überhaupt noch verkraftete. Plötzlich kam mir der Gedanke, ob sie der Chemotherapie nur zugestimmt hatte, damit sie schneller sterben konnte? In der Hoffnung, dass sie zu wenig Kraft hatte? Ich bekam Panik, weinte und schrie, als ich zuhause war. Auf meine Frage hin, was ihr denn jetzt die Chemo noch brachte, hatte sie keine genaue Antwort. Ich bestand darauf, mit einem Arzt reden zu dürfen und sie war einverstanden. Das Personal war sehr freundlich am Telefon und nahm sich sofort Zeit für mich. Aber ich hatte am Ende das Gefühl, kein Stück weitergekommen zu sein. Vielleicht, wenn ich bestimmter geredet hätte oder mit einem strengeren Tonfall, aber niemand sagte mir, wie schlecht es meiner Mama wirklich ging.

Sonntag, 14. November 2021

Eine Woche nach der ersten Chemotherapie besuchte ich sie, mit Felix und Ronja. Es war am Vormittag, kalt und neblig. Meine Geschwister waren zum ersten Mal bei ihr und fanden die Klinik schön. Wir warteten im Flur und Ronja holte Mama aus dem Zimmer ab. Der Bauch meiner Mutter war voll Wasser und es sah aus, als wäre sie schwanger. Dass Mama noch gehen konnte, machte uns wieder Hoffnung. Als die beiden aus dem Zimmer kamen, sprangen Felix und ich auf. Es gab Umarmungen und wir merkten, dass sie sich sehr über den Besuch freute, vor allem über Felix. Wir bewegten uns langsam und mit bedächtigem Schritt zum Aufzug und es tat weh, sie so gebrechlich zu sehen. Unten redeten wir ein bisschen und tranken Kaffee. Es gab einen kleinen runden Tisch und vier Sessel in Rot, welche sehr bequem waren. Felix wurde es zu viel und er ging kurz an die frische Luft. Wir sahen Mama die Schmerzen an, aber sie war besser gelaunt als erwartet. Auch klarer im Kopf. Wir konnten zwischendurch lachen und sie fragte, was bei uns im Alltag so los sei. Sie vermittelte uns ein angenehmes und warmes Gefühl. Unsere Familie konnte oft lachen und Witze reißen. So waren wir und das war für uns wichtig.

Als ich sie nach den Untersuchungen fragte, merkte sie, dass ich wissen musste, wann sie sterben würde. Drei Monate oder sechs? Ein Jahr? Für mich war es wichtig, mich darauf vorbereiten zu können. Aber sie sagte dann ganz entschlossen, dass sie mir das nie sagen werde! Ich ging vom Schlimmsten aus, aber nicht, dass es so schnell gehen würde. Später rutschte sie nervös auf ihrem Sessel herum und war nicht mehr bei der Sache. Sie hätte uns aber niemals gesagt, dass sie müde war und Schmerzen hatte. Wir gingen nach oben und verabschiedeten uns. Felix fragte, ob er ihr Zimmer sehen dürfe und sie zeigte ihm alles freudig. Auf dem Weg zum Auto waren wir sehr schweigsam. Dann sagte ich den beiden, dass ich Mama schon länger nicht mehr so gut gelaunt gesehen hatte. Das war wirklich schön. Wahrscheinlich war das der sogenannte Phoenix-Effekt. Dies merkten wir aber erst im Nachhinein.

Ich war damit beschäftigt, alles zu erledigen, was ich konnte, egal ob wichtige Dinge oder nicht. Ich wollte keine Ruhe haben, nicht zur Ruhe kommen.

Unter der Woche rief mich dann meine Tante an. Da meine Mutter schon drei Wochen in der Klinik war und es Probleme mit der Krankenkasse gab, würde sie diese Woche entlassen werden. Wie konnte das sein? Es ging ihr alles andere als gut. Im Nachhinein verstand ich aber, was Sache war. Als sie nämlich die Woche darauf zur Chemo antrat, wurde sie gleich wieder stationär aufgenommen. So konnte sie noch ein Wochenende zu Hause verbringen.

Mittwoch, 17. November 2021

In diesen drei Wochen wurde nichts im Haushalt gemacht. Also bat ich meine Freundin Runa, mir zu helfen. Wir kamen um 8.00 Uhr in der Früh im Haus an und fingen an zu putzen. Müll entsorgen, Bett frisch beziehen und einkaufen. Mein Bruder hatte vormittags auch Zeit und half mit. Dann schauten wir das Bett nochmals genauer an. Meine Mama konnte nicht mehr flach liegen und wünschte sich einen verstellbaren Lattenrost. Diese waren aber ziemlich teuer und mussten auch noch zusammengebaut werden. Am Nachmittag kamen noch Ronja, meine Tante und ihr Mann zu Hilfe. Mein Onkel meinte dann, wir sollten doch in einem Gebrauchtwarenladen nachfragen wegen des Lattenrostes. Da ich alle Hände voll zu tun hatte, übergab ich diese Aufgabe meiner Freundin Eva, die zu Hause war. Sie rief jeden Second-Hand-Laden in der Umgebung an. Und tatsächlich fand sie einen verstellbaren Lattenrost mit den passenden Maßen! Also konnte mein Vater diesen mit seinem großen Auto abholen und er passte perfekt in den Bettkasten. Das war ein Triumph! Innerhalb von einer Stunde hatten wir das geschafft! Als wir das meiner Mutter berichteten, freute sie sich sehr auf das Nachhausekommen und war sehr dankbar für unsere Taten!

Donnerstag, 18. November 2021

Am Vormittag hatte mein Partner einen Termin beim Arzt zur Untersuchung der Wunde. Ich musste mitgehen, um die Wundversorgung zu lernen. Es war eklig. Ein riesiges Loch auf dem Rücken, bis zu den Muskeln konnte ich schauen.

Samstag, 20. November 2021

Unsere Tante brachte Mama nach Hause. Zuvor hatten die Ärzte eine Thrombose bei ihr bemerkt. Sie wollte ursprünglich ein Wochenende in ihrem Ferienhaus verbringen und wollte die Reise dann aber absagen. Ronja überredete sie dann, doch zu fahren, da wir nicht wussten, wann das nächste mal Zeit für so etwas da sein würde. Und wir kümmerten uns ja um Mama. Unsere Tante bot von Anfang an ihre Hilfe beim Pflegen an, da sie dies als Beruf gelernt hatte und Erfahrung damit hatte. Außerdem kam heute noch zum ersten Mal eine fremde Pflegerin vorbei, um zu helfen. Dies haben uns die Ärzte organisiert. Mama sagte, dass sie eine nette Frau war. Leider konnte sie nur einmal vorbeikommen, danach war es schon zu spät. Nach dem Tod unserer Mutter nahm ich ihr Handy mit und bekam Nachrichten von der Pflegerin. Ich wollte ihr dann Bescheid geben, erreichte sie aber nicht. Später schrieb uns diese Frau eine nette Trauerkarte.

Ihre Hunde konnten sich kaum beruhigen vor Freude, dass sie wieder zu Hause war. Ronja erzählte ihr alles von der Putzaktion, die wir am Mittwoch veranstaltet hatten und wie viel Spaß wir dabei gehabt hatten. Sie hatte sich so darüber gefreut. Mama war das so wichtig, dass wir zusammenhielten, auch nachher noch. Das war das erste Mal, dass sie den Tod ansprach. Ronja fragte, ob sie Angst davor habe. Sie entgegnete, ja sie habe Angst und sei nicht bereit dazu! Und was kommt nachher? Da war dieser Blick. Mama freute sich auf den Ruhestand, den sie sich hart erarbeitet hatte. Sie wollte das Haus renovieren. Das brach uns das Herz. Dieser Gedanke, dass sie noch so viel machen wollte, sehen und erleben wollte. Ihre geliebten Enkelkinder waren noch klein. Sie konnte nicht aufgeben. Allerdings habe sie schon eine Patientenverfügung erstellt. Damit wir wissen, wie sie es sich gewünscht hätte. Künstliche Ernährung, Organspende, Kremieren, Forschungszwecke. Felix schrieb dann in die Gruppe, dass er Mama nicht pflegen kann und die Anweisung, ihr täglich eine Spritze zu geben, nicht erfüllen kann. Natürlich war es ein enormer Druck und ich verstand ihn auf jeden Fall. Allerdings war es nur ein kurzer Piks. Mehr nicht. Also gingen die Diskussionen wieder los. Denn die Spritze musste immer abends gegeben werden und ein paar von uns waren dann in der Arbeit.

Dienstag musste sie wieder in die Klinik – für die Chemo. Am Ende sagte uns dann die behandelnde Ärztin, dass ihr dieses Wochenende zu Hause sehr gutgetan hatte.

Sonntag, 21. November 2021

Ich kam am Sonntag mit meinem Partner und meinem Sohn vorbei. Eigentlich wollten wir mit meiner Mutter an diesem Wochenende in die Berge fahren, das hatten wir schon ein paar Monate zuvor geplant. Aber das ging nun natürlich nicht. Es ging ihr nicht so schlecht und sie strahlte, aber sie war auch nicht mehr die Alte. Sie war müde und schnell außer Atem. Wir planten, noch ein letztes Mal Weihnachten zusammen zu feiern. Mit allen Verwandten. Ich organisierte einen Raum. Sie freute sich darauf, leider kam es nicht mehr dazu. Wir tranken Kaffee und aßen Kuchen und blieben nicht zu lange, damit sie ihre Ruhe hatte.

Da sie keinen Partner hatte, fielen alle Aufgaben auf uns Kinder. Vier Kinder, vier verschiedene Meinungen! Solange meine Mutter so verwirrt war, konnten wir nichts regeln oder ihre Wünsche erfüllen. Gerne hätten wir Dinge im Voraus geregelt. Hatte Sie ein Testament? Eine Patientenverfügung? Sie sagte Ja, aber niemand wusste, wo. Sollten wir für die Hunde einen Platz suchen, oder kommt Mama wieder nach Hause? Die Nerven lagen blank.

Sie ging dann also wieder in die Klinik. Da kam sie in ein Einzelzimmer. Da die Station überbelegt war, bot meine Mama an, bei ihr noch ein Bett reinzustellen. So war sie! Aber die Pflegerin meinte, nein, jeder bekommt, was er verdient. Und sie bekäme jetzt ein Einzelzimmer!

Die Chemo wurde dann fast täglich verschoben, da ihre Blutwerte nicht gut waren. Sie rief mich am Abend an und bat mich, Dinge vorbeizubringen. Als ich alles notiert hatte, hatte sie noch einen Wunsch. Einen Weihnachtsstern. Da die Läden schon geschlossen waren, packte ich einen von mir ein, der nur noch zwei Blätter hatte und Weihnachtsdeko aus meiner Wohnung.

Sonntag, 28. November 2021

Mein Vater, mein Sohn und ich fuhren zu ihr in die Klinik, doch verfuhren uns mehrmals, obwohl ich den Weg mittlerweile kennen sollte. Es ging ihr schlecht. Als wir reinkamen, stand sie gebückt über dem Waschbecken, zog ihr Oberteil ein bisschen hoch und fragte, ob ich sie im unteren Rückenbereich massieren könne. Das tat ich natürlich. Sie bemühte sich, am Tisch zu sitzen, obwohl sie natürlich im Bett liegen hätte können. Aber sie war immer die Starke. Wir holten Kaffee, aber sie trank nicht einmal die Hälfte. Sie hatte enorme Schmerzen, Schweißausbrüche und erhielt nochmals zusätzlich Morphium. Dann fragte sie, ob wir den Garten noch umgraben würden. Da lägen noch Gedärme. Mein Vater und ich sahen uns an. So verwirrt war sie, denn eigentlich meinte sie Kartoffeln. Wir wollten ihr dann ihre Ruhe lassen und verabschiedeten uns. Die beiden umarmten sich lange und innig. Sie sagte zum Schluss zu mir, dass wir noch ein bisschen kämpfen werden, auch wenn es nur noch bis zum Frühling sein werde. Auf dem Nachhauseweg wurde uns bewusst, dass ich meinen Sohn besser nicht mehr mitnehmen sollte. Da er im Autismus-Spektrum lebt, wollte ich ihm diese Bilder nicht mehr zumuten. Mein Papa hatte gemerkt, wie schlimm die Situation war. Er meinte, sie würde noch im Dezember von uns gehen. Das glaubte ich aber nicht! Aber diese Bemerkung von ihr, wir kämpfen noch bis zum Frühling, war wohl die Information, auf die ich so lange gewartet hatte.

Mittwoch, 01. Dezember 2021

Gegen Abend rief mich meine Mutter an. Mit schwacher Stimme sagte sie: „Hallo!" und dann nichts mehr. Wir telefonierten über eine Stunde, aber von uns beiden kam kein Wort. Ich spürte, dass sie nicht allein sein wollte. Vielleicht brauchte sie auch einfach den Kontakt zu mir, wollte meine Stimme hören oder etwas loswerden. Aber geredet wurde nichts. Ich traute mich auch nicht zu reden. Das war das einzige Mal diese Woche, dass sie sich bei mir gemeldet hatte. Bei den anderen meldete sie sich gar nicht mehr. In unserer Familie wurde die Sorge immer größer und wir beschlossen, uns am kommenden Sonntag zu treffen, um diverse Angelegenheiten zu bereden. Wir besprachen den Ort des Treffens, die Uhrzeit, und was wir essen wollten. Zu dem Treffen kam es allerdings nicht mehr.

Donnerstag, 02. Dezember 2021

Am Donnerstag also machten wir uns langsam Sorgen. Alle Familienangehörigen fragten mich mehrmals, ob ich etwas von ihr gehört hatte, da sie niemandem mehr zurückschrieb. Also rief ich auf der Station an. Da wurde ich gleich mit dem Arzt verbunden. Dieser meinte, dass sie ihr die Schmerzen nicht komplett nehmen konnten und es ihr nicht gut ginge. Auch da habe ich wieder gefragt, ob es mit ihr bald zu Ende gehe. Die Antwort war, sie habe höchstens noch drei Monate. Natürlich weinte ich, obwohl es keine Überraschung war. Ich fragte nach, ob es denn jetzt nur noch um eine Palliativpflege ginge und bekam ein Ja als Antwort. Ein großes Dankeschön an die Natur. Denn ohne die Lavendeltropfen hätte ich in dieser Zeit nicht schlafen können und wäre noch unruhiger geworden. Am nächsten Tag war ich, wie immer, bei der Arbeit. In der Annahme, meine Mama würde noch drei Monate leben. Meinen 30. Geburtstag noch mitfeiern und Weihnachten. Aber der nächste Schlag würde nicht lange auf sich warten lassen.

Freitag, 03. Dezember 2021

Kurz vor meinem Feierabend rief mich meine Tante an. Zuerst wollte ich nicht rangehen, da ich lieber in Ruhe zurückrufen wollte und nicht während der Arbeit telefonieren. Aber mein Gefühl stimmte mich um. Sie weinte und Panik kam in mir hoch. Die behandelnde Ärztin habe sie angerufen und gesagt, der Tod wäre in den nächsten Tagen zu erwarten! Mir stockte der Atem. Wir sollten uns alle am nächsten Tag gegen Mittag in der Klink treffen. Zitternd rief ich meinen Arbeitgeber an, dass ich morgen nicht zur Arbeit kommen kann. Aber ich stockte dermaßen, dass ich mich ein paar Mal wiederholen musste. Dann schrieb ich Ronja, sie solle nach meinem Feierabend zu mir kommen. Ich konnte nicht mehr richtig atmen. Also rief ich Runa an, sie redete mit mir, bis ich die Kasse abgerechnet hatte und versicherte mir, später vorbeizukommen. Draußen wartete ich auf meinen Vater und versuchte, ruhig zu atmen. Er holte mich immer freitags von der Arbeit. Ich stieg ins Auto und weinte hysterisch. Als ich ihm erklärte, was los war, war er nur wenig überrascht. Er kam mit in meine Wohnung und erklärte meinem Partner alles. Ich war immer noch hysterisch. Dann kümmerten sie sich um meinen Sohn und ich erklärte Ronja alles, die auch schon in meiner Wohnung stand. Wir informierten die anderen Geschwister und machten dann den Plan für Samstag. Da seit Neuestem auch in dieser Klinik Zertifikatspflicht herrschte, mussten wir uns vorher noch auf COVID testen lassen. Mein Vater ging nachhause, ein Freund meines Partners kam vorbei. Ich wollte nicht, dass der Männerabend abgesagt wurde, da sie so selten einen veranstalteten. Ich weinte den ganzen Abend, wusste nicht, wo vorne oder hinten war. Plötzlich fiel mir auf, dass Ronja schon lange mit meinem Sohn im Zimmer war. Der Kleine hat also mitbekommen, dass sein Lieblingsmensch bald nicht mehr da sein würde! Die beiden weinten einen Wasserfall und ich konnte mich auch nicht mehr zusammenreißen. Wir legten uns zu dritt ins Bett und umarmten uns, bis der Kleine einschlief! Es brach mir das Herz! Erstaunlicherweise konnte ich in dieser Zeit immer normal essen und schlafen. Früher, wenn mich etwas belastete, ging das nicht. Doch in den letzten zwei Monaten ging das einigermaßen. Aber das Duschen fiel mir schwer. Noch heute frage ich mich nach dem Grund, denn ich war immer ein sehr hygienischer Mensch und das Duschen half mir, mich zu entspannen. Aber jetzt musste ich mich dazu zwingen. Runa kam später noch vorbei und fragte, was sie tun könne. Ich war froh, denn ich sollte noch einen Termin für meine Tante beim COVID-Testzentrum machen. Und ich habe keine Geduld mit dem Internet. Die Arme war nämlich noch im Urlaub und würde bald losfahren, um es rechtzeitig in die Klinik zu schaffen.

Samstag, 04. Dezember 2021

Ich stand früh auf und duschte noch. Im Nachhinein bin ich sehr froh, dass ich mich dazu überwunden habe, denn später war keine Zeit mehr dafür. Es war ausgemacht, dass wir um 9.00 Uhr Felix holen, um dann die Ersten beim Testzentrum zu sein. Um spätestens 13.00 Uhr mussten wir im Krankenhaus sein. Leider verschlief mein Bruder da er eine unruhige Nacht hatte. Als wir ankamen, war die Schlange schon lange und wir wurden unruhig. Wir waren aufgewühlt und es war kalt. Naja, Hauptsache wir kamen rechtzeitig. Also blieb jemand in der Warteschlange stehen und die anderen kauften Frühstück, Sandwiches und Cola für die Wartezeit und die Autofahrt. Wie immer unterhielten wir uns mit sarkastischen Sprüchen. So sind wir einfach. In jeder Situation und sei sie noch so unpassend, muss ein Witz gemacht werden. Als wir endlich unseren Test machen durften, reichte es, noch kurz auf die Toilette und weiter ging es. Wir holten unsere große Schwester Malin vom Bahnhof ab und fuhren circa 45 Minuten bis zu Mama. Auf dem Weg aßen wir etwas und redeten, aber die Stimmung empfand ich als angespannt. Vor dem Krankenhaus warteten wir auf unsere Tante. Es regnete stark. Ab diesem Zeitpunkt ist vieles verschwommen, aber ich bemühe mich, die Geschichte wahrheitsgetreu zu beschreiben. Auf der Station angekommen, fragten wir eine Pflegekraft nach der behandelnden Ärztin. Diese wahr sehr freundlich und bat uns, in das hinterste Zimmer im Flur einzutreten. Da wir nicht alle einen Platz zum Sitzen hatten, teilten Ronja und ich einen Hocker. Es gab einen kleinen Tisch mit Weihnachtsdekoration darauf und ein Regal mit Büchern. Es kam noch eine Pflegekraft hinein. Die Ärztin öffnete das Fenster. Die genauen Worte von ihr weiß ich nicht mehr. Nur dass meine Mutter heute Früh schon Anzeichen zeigte, dass der Tod nahe ist. Und dass sie es uns nicht persönlich sagen will oder kann. Wie denn auch? Meine Mutter hatte keine Zeit, sich mit dem Tod auseinanderzusetzen. Auf jeden Fall handle es sich nur noch um Stunden. Wir sollten die Verwandten herholen. Und dürfen über Nacht bei ihr bleiben. Das schätzten wir sehr in dieser

Situation. Ich weinte und wollte unbedingt diese blöde Frage klären: Woran stirbt sie jetzt? Klar, wegen des Tumors, dessen war ich mir bewusst, aber was passiert mit ihrem Körper? Die Ärztin meinte, sie leide an toxischem Multiorganversagen. Uns wurde versprochen, dass wir die Unterlagen und Arztberichte erhalten, weil wir ja gar nichts richtig verstanden haben, von Anfang an. Dies kam bisher nicht zustande. Insgesamt war ich aber von dem Personal sehr begeistert! Sie meinte auch, dass die Leber komplett voller Metastasen war, so dass sie selbst erschrak bei den Bildern. Dann durften wir zu ihr. Mein Bruder setzte sich direkt aufs Bett, fiel in ihre Arme und weinte. Ich glaube, auch alle anderen weinten. Ich setzte mich auf die andere Seite des Bettes und hielt ihre Hand. Sie streichelte mir sanft über die Haare. Wir haben uns immer abgewechselt, um bei ihr zu sein, damit jeder einen Moment allein mit ihr hatte. Die anderen waren währenddessen meistens draußen. Meine Mama sprach sehr selten. Vielleicht ein bis zwei Sätze, aber nicht mehr. Für meinen Bruder und mich war schnell klar, dass wir über Nacht bleiben wollten. Ich hatte höllische Angst vor dieser Entscheidung, aber ich wollte nicht, dass sie allein sterben musste. Und ich war sehr froh, dass Felix auch so dachte, denn allein hätte ich die Nacht nicht durchgehalten. Als ich mit ihr allein war, sprachen wir gar nichts. Kein einziges Wort. Ich legte mich zu ihr aufs Bett und schlief fast ein. Für mich stimmte es so. Ihre Brüder waren mit deren Mutter schon unterwegs, aber die Fahrt dauerte länger, da sie weiter weg wohnten. Wir beschlossen, da es sonst zu viele Menschen waren, dass Malin bleiben würde und wir anderen Kinder nachhause fahren würden. Wir brauchten Sachen zum Schlafen, nicht dass es nicht ohne Pyjama ging, aber wir brauchten auch eine Pause. Dann kam noch die Frage auf, welche Kleidung sie tragen sollte, nach dem Tod. Wir fuhren, bevor unsere Verwandtschaft ankam. Als wir Mama dies erklärten und uns verabschiedeten, meinte sie, wir sollen doch bei McDonalds noch etwas essen. So war sie. Ich denke, niemand von uns hatte das Gefühl, dass sie in diesen zwei Stunden sterben würde, sonst wären wir nicht gefahren. Zuhause packte jeder seine Sachen. Mein Sohn wollte nicht, dass ich schon wieder weggehe und weinte. Ronja ging kurz mit ihrem Hund Gassi. Dann fuhren wir ins Haus zu meinem Bruder und suchten die Kleidung, die Mama sich gewünscht hatte. Ihre helle Stoffhose fanden wir leider nicht. Auch bei den anderen Hosen hatten wir das Gefühl, dass sie nicht passen würden. Da Mama so viel Wasser im Bauch hatte, musste sie alle Trainingshosen aufschneiden. Wir packten ein Kleid und eine Hose mit Bluse ein. So machten wir uns wieder auf den Weg und fuhren 40 Minuten. Ich glaube, da aß ich mein Sandwich vom Vormittag. Wir kamen an und mein Onkel stand auf dem Balkon. Ich ging kurz ins Zimmer, es war eine erdrückende, aber auch sehr ruhige Stimmung. Dann warteten wir im Flur. Unsere Verwandten verabschiedeten sich nacheinander von Mama. Es gab viele Tränen und Umarmungen. Der ganze Tag war sehr surreal. Bevor Ronja und Malin nach Hause fuhren, besprachen wir, wer und wann zu informieren war, wenn sie in der Nacht sterben sollte. Niemand wusste es so recht, aber wir beschlossen, alle dann erst am nächsten Morgen zu informieren, sollte es dazu kommen. Dann waren nur noch mein Bruder, meine Tante und ich da. Meine Tante wollte noch allein mit Mama sein, also warteten wir wieder im Flur. Die Augen fielen uns fast zu, so erschöpft waren wir. Eine Pflegekraft kam auf uns zu und meinte, es würde nicht gehen, dass wir beide auf einem Feldbett schliefen, weil einfach zu wenig Platz war. Aber wir waren uns sicher, dass es schon funktionieren würde. Später merkten wir, dass die Frau Recht gehabt hatte. Sie rückte uns einen Sessel in diesem kleinen Zimmer zurecht, in dem wir das Gespräch mit der Ärztin zu Beginn des Tages gehabt hatten. Ich war sehr müde. Aber wir wollten beide nicht getrennt voneinander schlafen. Weder alleine in diesem Zimmer, noch alleine bei Mama. Ich rief meine Freundin Eva an, weil ich etwas Ruhe hatte, brachte aber kein Wort heraus. Sie redete sehr viel und schnell, wahrscheinlich um mich abzulenken oder aus Überforderung. Aber ich habe gar nicht zugehört. Dann kam unsere Tante raus, weinend. Sie riet uns, unsere Mutter nicht festzuhalten, sondern ihre Hände von oben in unsere zu legen. So könne sie friedlicher gehen. Auch dass wir uns keine Vorwürfe machen sollten, falls sie stirbt, während wir schlafen. Das hat mir sehr gutgetan. Unsere Tante sagte einmal, dass Mama es sogar geschafft hatte, ihr Hoffnung zu machen, obwohl sie genau wusste, dass Mama das nicht überleben würde. Völlig erschöpft legten wir uns zu zweit auf das Feldbett, für circa eine halbe Stunde. Dann merkten wir, dass der Platz nicht ausreichte und mein Bruder setzte sich auf den Stuhl am Fenster. Ich schlief erstaunlich schnell ein! Dann weckte Mama uns, weil das Licht sie störte. Aber es brannte nur eine elektrische Kerze, sonst war es dunkel. Sie wurde aber wütend und wiederholte sich, also löschten wir die Kerze. Dann schliefen wir weiter. Später wachten wir auf, weil sie auf dem Bett saß und aufs Klo musste. Auch das wollte sie bis zum Schluss allein schaffen! Aber zum Glück meinte meine Tante, bevor sie ging, wir sollten immer einen Pfleger holen. Also klingelte ich. Wir zogen die Unterhosen aus, während der Pfleger ihr half, aufrecht zu stehen. Er brachte sie zur Toilette und zurück ins Bett. Danach schliefen wir weiter. Sie weckte mich, weil sie erneut auf die Toilette musste und fragte nach meinem Bruder. Erst da bemerkte ich, dass er nicht im Zimmer war. Ich fand ihn in dem kleinen Raum am Ende des Flurs auf dem Sessel. Er wachte blitzartig auf und kam zu Hilfe. Der Pfleger kam und brachte sie auf die Toilette. Ich legte mich wieder hin. Später erwachte ich, weil Mama auf dem Bett saß und eine Tasse Tee in der Hand hielt, aber nicht davon trank, die Augen hatte sie geschlossen. Ich döste auch im Sitzen, bis sie das Glas fallen ließ. Da stand sie vor Schreck im Bett. Die Tasse war nicht kaputtgegangen. Ich legte Mama zurück ins Bett und wischte den Boden. Am nächsten Tag berichtete Felix, dass er den Knall bis in das kleine Zimmer gehört hatte, in dem er geschlafen hatte. Ich nickte ein und wurde wach, als der Pfleger ihre Medikamente spritzte. Da setzte ich mich auf und versuchte, meine Augen offen zu halten. Er sollte nicht denken, dass ich hier friedlich schlafen würde, während meine Mutter im Sterben lag.

Sonntag, 05. Dezember 2021

Um 6.00 Uhr in der Früh erwachte ich, weil Felix im Zimmer stand. Er hatte sich extra den Wecker gestellt, um nachzusehen, wie es Mama ging. Sie schlief noch, also legte er sich zu mir aufs Feldbett und wir dösten auch weiter. Circa um 8.00 Uhr wurde ich wach, durch den Anruf meiner Tante, ging aber, aus Angst, die anderen zu wecken, nicht ran. Daher schrieb ich ihr eine SMS, dass sie schon vorbeikommen kann, die anderen aber noch schlafen würden. Auch ich versuchte wieder einzuschlafen, doch irgendwie war ich dann doch wach und stand auf. Auf dem Tisch stand ein Tablett mit Frühstück. Ich dachte, es gehörte meiner Mutter, also nahm ich nur ein bisschen Kaffee und aß noch das Frühstück vom Vortag, das in meiner Tasche war. Tatsächlich fühlte ich mich übermüdet, als hätte ich eine Flasche Wein getrunken. Wieder klingelte mein Telefon, Ronja rief an. Ich ging nach draußen und versicherte ihr, dass Mama noch lebte. Sie war mit ihrem Hund unterwegs zu Papa und seiner Frau. Sie hatten sich freundlicherweise bereit erklärt, den Hund tagsüber zu sich zu nehmen, damit meine Schwester weniger Stress hatte. Ich erzählte ihr von der Nacht, legte aber nach einer Weile auf, damit ich zurück ins Zimmer konnte. Mama redete gar nichts mehr. Zwischendurch mal ein Ja oder Nein, aber mehr nicht. Wir saßen einfach da in dieser beunruhigenden und trotzdem schönen Stille. Einmal sagte sie kurz zu mir: „Lasst mich gehen! Ihr müsst mich gehen lassen!" Ich versuchte nicht zu weinen, aber innerlich schrie ich.

Ich entgegnete: Mama: „Es ist okay! Du darfst gehen!"
Es war aber nicht okay! Noch nie hatte ich versucht, so überzeugend zu lügen wie in diesem Moment. Ich konnte mir kein Leben ohne sie vorstellen. Es war nicht okay, dass sie so schnell gehen musste. Dass sie so leiden musste! Es war nicht okay, dass sie so früh gehen musste! Ich bat Felix darum, dass wir laut beten, das taten wir auch und es verschaffte uns ein bisschen Ruhe! Kurz darauf kam unsere Tante. Als sie bei Mama war, rief ich meinen Dad an. Der Arme hielt es kaum aus, daheim zu sitzen und nichts zu tun. Als ich wieder ins Zimmer kam, verzog meine Mama das Gesicht. Sie hatte Schmerzen. Wir klingelten der Schwester. Als sie da war, gab sie ihr etwas gegen die Schmerzen und holte die Ärztin. Diese meinte, dass es nun so weit sei. Wir sollten allen Bescheid geben, falls noch jemand kommen wollte, um sich zu verabschieden. Allerdings könnte sie nicht versprechen, dass sie es noch bis dahin schaffen würde. Ich bekam keine Luft mehr. Wir weinten. Sie mussten Mama sedieren, da ihr Herz noch zu stark war und sie so einen inneren Kampf mit den Organen hatte. Die Ärztin streichelte ihre Wange und wünschte ihr eine gute Reise. Meine Tante erklärte mir, dass die Flecken auf Mamas Beinen ein Anzeichen für den kommenden Tod waren sowie die Nase, welche spitzer wirkte als zuvor. Dann ging ich hinaus und rief Ronja an, es war circa 10.00 Uhr. Sie weinte und sagte, dass sie es emotional wahrscheinlich nicht schaffen würde zu kommen aber kurz eine Minute brauche zum nachdenken, was völlig in Ordnung war. Als Nächstes versuchte ich, Malin zu erreichen. Sie ging nicht ran, also

rief ich meinen Papa an, weil er die Nummer von Malins Mann hatte, damit er es versuchen konnte. Ich weinte und er war auch sehr bestürzt. Danach rief ich meine Freundin Runa an. Ich konnte kaum atmen und brachte fast keine Wörter heraus. Ich stammelte schluchzend: „Es ist soweit!" Sie weinte fürchterlich und fragte, was sie tun könnte. Aber es gab nichts mehr zu tun. Im Zimmer saßen wir ruhig da. Ich sah die Arztberichte der Klink und fotografierte sie mit meinem Handy. Vielleicht würde ich so einmal verstehen, was die letzten zwei Monate passiert war. Und ich war mir nicht sicher ob wir jemals alle berichte bekommen würden. Zwischendurch weinte wieder jemand von uns. Meine Tante informierte den Rest der Verwandtschaft. Ein Onkel machte sich gleich auf den Weg. Meinte Tante sagte aber zu Mama, dass sie nicht auf ihn warten müsse, falls sie bereit sei, zu gehen. Dann rief Ronja nochmals weinend an. Sie sei doch auf dem Weg, aber mit Papa, weil sie es alleine nicht schaffen würde. Ich freute mich, dass Papa uns beistehen konnte. Die Ärztin sedierte meine Mama, damit sie ruhig werden konnte. Es war allerdings kein schönes Bild. Der Mund war offen und ihre Augen nach oben gedreht. Außerdem röchelte sie und beim Ausatmen machte sie komische Geräusche. Dies lag daran, dass sie einen Frosch im Hals hatte, aber sich nicht räuspern konnte. Dieses Geräusch werde ich nie wieder vergessen. Da ich Ronja sehr gut kenne, habe ich ihr als Vorwarnung geschrieben, dass Mama nicht so hübsch aussieht wie sonst. Meine Tante befeuchtete zwischendurch Mamas Lippen. Die Tür ging auf, Ronja stand mit Papa da, wollte aber direkt wieder rauslaufen. Blöd, dass Papa im Weg stand. Sie weinten. Und setzten sich zu ihr. Papa streichelte ihr die Wangen. Wir ließen ihm dann Zeit mit Mama allein. Das tat den beiden gut! Als wir alle wieder im Zimmer waren, tranken wir Kaffee und redeten. Plötzlich wurde die Stimmung sogar lustig, weil wir über eine Urne redeten, die immer noch zu Hause bei einer Familie stand, denn die Angehörigen wussten nicht, wohin damit. Makaber, aber wir mussten lachen. In diesem Moment atmete meine Mama tief und laut ein, aber nicht mehr aus. Für einen kurzen Moment dachten wir, das war es jetzt, alle standen um sie herum. Mein Papa sagte zu ihr, dass alles gut ist! Dann atmete sie wieder aus. Mein Herz stand still! Das machte sie dann nochmals. Beim dritten stockenden Ausatmen riss sie die Augen weit auf, und war dann tot. Mein Herz stand still. Diesen Moment, dieses Gefühl, werde ich nie vergessen. Es lief mir eiskalt den Rücken runter, ich konnte nicht atmen, und hatte gar kein Körpergefühl mehr. Wir weinten fürchterlich und hielten uns in den Armen. Jemand sagte zu mir, es sei in Ordnung, ich solle mich beruhigen. Das war nicht böse gemeint, aber ich schrie und weinte hysterisch weiter. Meine Tante nahm mich in den Arm und ich sagte nur: „Ich kann mich nicht mehr zusammenreißen!" Circa fünf Minuten nach ihrem Tod ging die Tür auf und unser Onkel stand da. Er sah unsere Gesichter und schluchzte weinend: „Nein!" Meine Tante nahm ihn in die Arme, aber er konnte nicht eintreten und Mama so sehen, also gingen die beiden raus. Ich hielt lange die Hand von Mama und küsste sie, sie war noch warm und ihr Gesicht war nicht mehr so verkrampft. Nie hätte ich gedacht, dass ich eine Leiche anfassen könnte. Bis zu diesem Moment. Felix ging raus und informierte eine Pflegekraft. Dann kam Malin an und setzte sich weinend dazu. Die Pflegerin kam hinein und sagte zu Mama, dass sie es nun geschafft hatte. Sie fragte nach der Uhrzeit. Felix und ich antworteten beinahe gleichzeitig: „13.05 Uhr!" Warum wir beide zum Todeszeitpunkt auf die Uhr gesehen haben, ist mir jetzt noch ein Rätsel. Dass wir in dem Moment so weit denken konnten, begreife ich immer noch nicht. Die Ärztin streichelte Mamas Wange und wünschte ihr eine gute Reise. Das war schön mitanzusehen. Mama war da gut aufgehoben. Danach kam ein anderer Arzt und sagte, er müsse den Totenschein ausfüllen, dies aber in unserer Abwesenheit. Also warteten wir alle draußen und niemand wollte reden. Ich rief meinen Freund weinend an, bat ihn, es meinem Sohn zu erklären. Wenn ich nach Hause käme, könnte ich das nicht auch noch verkraften. Dann schrieb ich meiner Freundin Runa den Todeszeitpunkt, kein Wort mehr, aber sie verstand meine Nachricht sofort. Eine Pflegekraft kam zu uns und meinte, sie würden unsere Mutter jetzt bereit machen, damit wir später noch einmal Abschied nehmen könnten. Daneben stand eine Frau, welche in dieser Zeit Mamas Therapeutin gewesen war. Sie bat uns in die Cafeteria, dort würde sie uns betreuen. Auf dem Weg nach unten erkannte sie uns alle anhand der Geschichten, die Mama ihr erzählt hatte. Und sie meinte, das Wichtigste für Mama wäre gewesen, dass wir Kinder uns nicht streiten würden. Wir Kinder waren für sie das Wichtigste im Leben!

Wir waren im hinteren Teil der Cafeteria, welcher durch Pflanzen von den anderen Besuchern leicht abgetrennt war. Dort gab es eine eigene Kaffeemaschine und Wasser. Wir durften uns selbst bedienen und saßen alle an einem Tisch. Die Frau sprach uns ihr Beileid aus und war schockiert, wie schnell der Tod bei unserer Mama eingetroffen war. Dann stellte sie die erste Frage: Erdbestattung oder Kremieren? Kremieren hatte Mama uns einmal gesagt! Welches Beerdigungsinstitut? Das in unserem Wohnort. Aufbahrung oder nicht? Darüber hat keiner von uns nachgedacht! Wir waren uns aber alle einig, ja zur Aufbahrung! Sie würde am nächsten Tag überführt werden. Rechnungsadresse? Die von Malin! Wer bringt den Totenschein zur Gemeinde? Das muss am selben Tag sein? In unserem Fall am Montag. Die Dame ging kurz raus. Ich konnte während des ganzen Gesprächs nur die Hälfte mithören. Es drehte sich um das Haus. Wir müssen es verkaufen. Das war zu viel für mich. Ich wollte das Haus behalten, hatte aber zu wenig Geld! Alle schauten mich an und fragten, ob es für mich auch okay sei, das Haus zu verkaufen. Ich schrie in die Runde: „Ich kann nicht leben ohne meine Mama! Ich bin viel zu jung für das!" Anscheinend habe ich hysterisch geweint und alle Besucher in der Cafeteria haben mich angeschaut. Daran kann ich mich nur verschwommen erinnern. Meine Tante konnte mich beruhigen. Die Frau setzte sich wieder zu uns und sagte, dass alles erledigt sei. Als die Therapeutin meine Mama zitierte, wir seien so liebe Kinder, platzte mir endgültig der Kragen! Wir waren nicht immer lieb zu Mama! Wir hätten viel mehr tun sollen. Wir waren keine lieben Kinder! Ich stand auf und sagte: „Wir waren liebe Kinder? Von wegen!" Und lief raus. Dabei packte ich die Jacke von Ronja, weil meine noch im Zimmer oben war und ging nach draußen. Eigentlich ist das gar nicht meine Art, wegzulaufen, unfreundlich zu sein. Aber das Ganze war eine Katastrophe für mich!

Danach durften wir hinauf zu Mama. Sie haben ihr das schöne Kleid angezogen, Blumen hingelegt und es roch angenehm. Sie sah aber nicht so schön aus wie sonst! Die anderen empfanden es zumindest so. Nun ging einer nach dem anderen oder sogar mehrere gingen gemeinsam ins Zimmer und verabschiedeten sich. Später haben Felix und ich angefangen, ihre Sachen zu packen. Die Hälfte davon habe ich ihr mitgebracht. Blumen, Gebasteltes von meinem Sohn, Zeitschriften und Bücher.

Draußen standen wir alle in einem Kreis. Malin wurde von ihrem Mann und den Kindern hingefahren und wir warteten geduldig auf sie. Dann besprachen wir den Plan für den nächsten Tag und verabschiedeten uns. Auf dem Nachhauseweg saß ich vorne. Papa versuchte ständig, ein Gespräch aufrechtzuhalten, aber ich wollte nichts hören, nichts sagen und nichts fühlen. Runa fragte, ob sie uns später Essen von McDonald's bringen soll. Ich war froh.

Zu Hause angekommen weinte ich kurz in den Armen meines Partners. Mein Sohn war völlig aufgedreht, weil ich wieder zu Hause war, also setzte ich mich kurz hin. Ich weiß allerdings nicht mehr, was wir gemacht haben. Ich weiß nicht einmal mehr, ob ich geduscht habe. Ans Auspacken kann ich mich erinnern. Dann rief ich eine gute Freundin von Mama an und überbrachte die traurige Nachricht. Sie war schockiert, wie alle, aber würde es der Arbeitgeberin weiterleiten. Später, als mein Sohn im Bett war, kam dann Runa mit dem Essen und Ronja stieß dazu. Ich weiß auch nicht mehr, worüber wir geredet haben. Runa informierte meinen Arbeitgeber und sagte, dass ich die ganze Woche nicht zur Arbeit kommen würde. Mir fiel ein Stein vom Herzen. Erinnern kann ich mich daran, dass wir zu dritt auf dem Sofa gesessen haben und ich angefangen habe zu weinen! Ich nahm pflanzliche Schlafmittel, Beruhigungsmittel, und schlief vor dem Fernseher ein.

An die folgende Woche kann ich mich kaum erinnern! Ist es zum Schutz oder ist mein Gehirn einfach mit der Situation überfordert? Ich versuche, es so gut es geht, zu erzählen. Ich versuche, die Trauer zu beschreiben, aber auch das ist schwierig. Sie kommt und geht in einer Welle. Manchmal fühlt es sich an wie ein Stich ins Herz. Es kommen Bilder hoch. Man begreift es nicht und denkt, dieser Mensch sei im Urlaub und würde bald wieder zur Tür hineinkommen. Das, was man erlebt, möchte man dieser Person erzählen und sich Trost holen, bis einem einfällt, dass die Person nicht mehr da ist. Man möchte ihr alles recht machen in der kommenden Zeit. Man möchte, dass sie stolz auf einen ist. Aber der Körper macht nicht mit. Man ist müde und ernährt sich nicht richtig. Kann nicht schlafen. Kann nicht alleine sein oder Musik hören. Alles fühlt sich anders an. Man wartet auf einen Zusammenbruch. Nur eines kann ich genau beschreiben. Ohne die Hilfe unserer Familie und Freunde wäre ich nicht mehr aus dem Bett gekommen. Ja, das Bett war am schönsten. Einen Film anschauen, der einen ablenkt und seinen müden Körper einfach ruhen lassen. Das brauchte ich in dem Moment.

Montag, 06. Dezember 2021

In der Früh machte ich meinen Sohn für den Kindergarten fertig. Ich selbst trug nur eine Jogginghose, weil ich keine Lust hatte, mich zurechtzumachen. Am Vormittag informierte ich ein paar von Mamas Freundinnen per Telefon. Die meisten weinten, ich allerdings nicht. Sie sagten, wie leid es ihnen tue, ich entgegnete, dass es mir auch leidtut. Da ich Mamas Handy mitgenommen hatte, konnte ich die Mitteilungen lesen und diese Personen kontaktieren. Mit wem hatte sie noch Kontakt? Wer hatte von der Krankheit gewusst?

Um 13.00 Uhr wurde mein Sohn von der Tagesmutter abgeholt und wir Geschwister trafen uns beim Bestattungsinstitut. Der Mitarbeiter war ein junger, freundlicher Herr. Während des Termines mussten wir zwischendurch lachen und machten Witze. Nicht mit Absicht, sondern wahrscheinlich aus dem Schock heraus, weil wir nicht wussten, wie wir mit dieser Situation umgehen sollten! Ich hoffe, er denkt nicht schlecht von uns! Dann folgten viele Fragen und hohe Preise! Welche Urne? Wann soll die Beerdigung stattfinden? Was für ein Grab? Wie sollen die Einladungen aussehen? Am meisten sind wir darüber erschrocken, wie teuer eine Todesanzeige in der Zeitung ist! Eine Frechheit! Sterben ist teuer! Bei den meisten Fragen waren wir uns mit den Antworten sofort einig. Das war schön, da unser Verhältnis nicht immer so gut war. Eine schöne Urne suchten wir aus, mit Rosen, weil meine Mama Blumen liebte. Das Datum für die Beerdigung legten wir fest. In zwei Wochen sollte sie stattfinden, noch im alten Jahr. Am Donnerstag sollte Mama kremiert werden. Wer nimmt bis zu der Beerdigung die Urne? Sie soll dem Gärtner übergeben werden. Darüber, ob wir die Todesanzeige wirklich aufgeben wollten, mussten wir noch nachdenken. Auch die Einladungen bräuchten mehr Zeit. Daher legten wir uns noch nicht fest.

Danach gingen wir zurück ins Haus. Da tranken wir Kaffee und aßen etwas Kuchen. Wir hatten vor Augen, was es alles zu erledigen gab. Wie sollen wir die Bestattung gestalten mit den aktuellen COVID-Maßnahmen? Wir suchten noch ein passendes Foto von ihr, fanden aber an diesem Tag keines.

Wir beschlossen, dass Malin und ihr Mann die Finanzen übernehmen sollten, und ich nahm einen Stapel mit Zeitschriften und Abos mit nach Hause, um diese zu kündigen. Später kam der beste Freund von Felix. Der ist eine verrückte Socke und treu wie ein Hund. Er heiterte die Stimmung ein bisschen auf. Wir fuhren alle mit seinem Auto zum Friedhof, um die Gräber anzuschauen. Auch da wurden wir uns schnell einig. Es sollte ein Einzelgrab werden, das wir länger als 25 Jahre bewirtschaften können. Kostete zwar wesentlich mehr als die anderen Plätze, aber darauf kam es jetzt auch nicht mehr an. Danach ging es weiter zur Abdankungshalle, wo Mama zur Aufbahrung lag.

Es war nicht einfach, diese Türe zu öffnen! Sie lag friedlich da, wurde schön zurechtgemacht mit ein paar Rosen. Aber es war so unwirklich. Als würde sie nur schlafen. Leider waren ihre Finger blau und ihr Bauch ziemlich aufgebläht von der Krankheit. Das sah nicht schön aus, die Leute kannten sie anders. Malin rief den Bestatter an und bat ihn, dies noch zu ändern. Er legte dann ein Seidentuch über Hände und Bauch und warnte uns vor, dass kranke Menschen manchmal nicht drei Tage lang aufgebahrt sein konnten. Durch die Medikamente würde sich das Aussehen schneller verändern.

Am Abend kochte mein bester Freund für Ronja und mich. Das war großartig. Wir hatten ständig Hunger, aber keinen Appetit oder keine Zeit zu kochen. In der Trauerzeit lernt man kleine Dinge und Gesten zu schätzen. Man merkt aber auch, wie vieles unwichtig wird, was einem vorher wichtig war. Duschen, Wäsche waschen, den Boden saugen. Wen interessiert es? Muss das heute erledigt werden? Ich wurde gelassener.

Dienstag, 07. Dezember 2021

Am Vormittag kam Runa und fuhr mit mir zum Kopiershop. Wir brauchten circa 10 Kopien vom Totenschein. Danach fuhren wir zur Abdankungshalle, denn sie wollte sich auch noch verabschieden. Der Plan war, dass ich mit ihrem dreijährigen Sohn draußen warten würde, aber dieser weinte und wollte nur bei seiner Mama sein. Also hielt ich die Tür auf, sie rannte mit dem Kleinen rein und setzte ihn auf den Stuhl. So hatte er also nichts gesehen. Dann gab sie ihm ihr Handy, damit er, natürlich lautlos, Videos anschauen konnte. Ihr kamen die Tränen. Nach ein paar Minuten ging die Türe auf und ich fragte mich, wer wohl genau jetzt auch kommen musste. Es waren mein Papa und meine Stiefmutter. Sie hatten gesehen, wie wir reingingen und wollten ein bisschen warten. Er fand, dass Mama schön hergerichtet worden war. Meine Stiefmama weinte. Sie kannten sich auch schon lange. Dann fing mein Papa an zu singen. Obwohl er darin nicht besonders talentiert war, empfand ich eine beruhigende Ruhe.

Am Nachmittag saßen wir Geschwister wieder zusammen. Einige von uns wollten eine kleine Beerdigung. Andere eine öffentliche. Wir entschieden uns für die Mitte. Es gibt viele Menschen, die Mama nahe gestanden sind und daher auch viele Einladungen. In die Zeitung schrieben wir aber keine Zeit und kein Datum der Trauerfeier. Ich rief eine gute Freundin von Mama an und fragte, ob ihr Mann die Predigt halten würde. Dass dies schon von meiner Mutter mit ihnen besprochen worden war, wussten wir nicht. Er war also schon vorbereitet! Sie fragte, ob wir eine Todesanzeige in der Zeitung machen würden. Die ehemalige Arbeitsstelle von Mama würde eine aufgeben, wenn wir das wollten. Mama hat das verdient. Ich fing an zu weinen und sagte, dass ich unbedingt eine aufgeben wolle, da es aber so teuer war, müssten wir es nochmals überdenken. Die Frau sagte sofort, dass sie die Rechnung übernehmen würde! Ohne Wenn und Aber! Ich war geplagt vom schlechten Gewissen und doch erfreut, dass dieses Problem gelöst war. Am Abend kam meine Schwiegermutter vorbei. Sie kochte für uns. Wir waren sehr dankbar. Sie sagte dann, dass wir Kinder unbedingt einen Blumenkranz bestellen sollten für das Grab. Sie würde uns diesen gerne schenken! Wir waren überwältigt von dieser Hilfsbereitschaft! Die Menschen waren für uns da!

Mittwoch, 08. Dezember 2021

Auch an diesem Tag kam Runa vorbei. Ich glaube, sie war jeden Tag für mich da und half mir, Dinge zu erledigen. Mein Gehirn vergaß jedes Detail und funktionierte nicht mehr richtig. Ich konnte mich nicht mehr konzentrieren. Also setzten wir uns vor den Computer und suchten Beispiele von Todesanzeigen. Sie erstellte eine von Hand und zeichnete ein Strichmännchen, das sollte ein Foto von meiner Mutter darstellen. Ich musste lachen.

Am Nachmittag gingen Ronja und ich auf den Friedhof zu dem Termin mit dem Gärtner. Unsere Familien waren schon lange befreundet und er sprach uns sein Beileid aus. Dann zeigte er uns die freien Plätze für das Grab. Meine Schwester fand einen schönen Platz. Mir hätte er auch gefallen, aber beim genaueren Hinsehen bemerkte ich, dass dahinter gleich das Grab eines Bekannten stand. Er starb im Sommer, auch an Krebs, und wurde nur 29 Jahre alt. Deswegen fühlte ich mich nicht wohl. Wir entschieden uns für einen anderen Platz. Der Friedhofsgärtner erklärte uns dann den Ablauf und offerierte uns Blumen zum

Schmücken. Er wollte dies für unsere Mama tun. Solche Gesten waren für uns immer etwas Schönes. Zu sehen, dass Mama so beliebt war.

Danach fuhren wir in die Stadt. Wir gingen in den Blumenladen, von dem der Gärtner der Besitzer war, und gaben den Blumenkranz in Auftrag. Da haben wir uns für ein mittelgroßes Herz entschieden in den Farben Weiß und Pfirsich. Der hätte Mama gefallen. Nicht zu kitschig. Da wir noch kurz Zeit hatten, bevor uns der Bestatter erwartete, holten wir uns Kaffee. Es schneite und wir waren schon seit dem Friedhofsbesuch durchgefroren.

Ich denke, dieses Treffen wird der Bestatter nie vergessen. Wir zeigten ihm die selbstgemalte Todesanzeige mit Schreibfehlern, gezeichneten Bäumen und Vögeln. Auch das Strichmännchen, das unsere Mutter darstellen sollte. Ich denke, es war aus Überforderung, Verdrängung und Übermüdung. Aber Ronja und ich hatten nur noch Lachanfälle. Wir lachten ununterbrochen, bis der Bestatter auch lachen musste. Wenn uns jemand beobachtet hätte, wären wohl die Männer in Weiß gerufen worden.

Völlig fertig fiel uns auf dem Nachhauseweg auf, dass wir Hunger hatten, aber nicht kochen wollten. Meine Schwester fragte mich, ob wir unsere Stiefmutter anrufen sollten. Ich fand das eine super Idee. Wir waren natürlich sehr willkommen. Dann holten wir meinen Sohn ab und fuhren zu Papa nach Hause. Da gab es dann ein gemütliches Abendessen.

Donnerstag 09. Dez. 2021

Mein Bruder drehte langsam durch, weil wir keinen Platz für die Hunde fanden. Zudem mussten sie für die Aufnahme in ein Tierheim geimpft sein. Da aber der eine aus Angst eher aggressiv reagiert, ist Ronja erst einmal ohne Hund zum Arzt gefahren. Dieser gab ihr Beruhigungsmittel und einen Maulkorb mit. Dann rief ich meine Freundin an, welche als Tierarztgehilfin arbeitet und bat sie um Hilfe. Sie beruhigte mich und nahm mir meine Sorgen ein wenig. Am nächsten Tag würde sie mit einem Kollegen vorbeikommen und den Hund zu Hause impfen. Dann wurde es eher ein ruhiger Tag. Ich habe Steine aus dem Garten von Mama geholt und gewaschen, damit wir sie auf das Grab legen konnten. Ihr war der Garten heilig und so hatte sie ein Stück davon auf dem Grab. Dann habe ich alle Briefumschläge mit Adressen versehen, damit wenn die Karten fertig waren, sie gleich losgeschickt werden konnten. Am Abend kam meine Schwiegermutter mit Abendessen vorbei. Sie kocht super. Und sie hatte uns sogar Suppe vorgekocht, die wir übers Wochenende wärmen konnten, weil sie wegfuhr. Das war großartig. Ronja war zu müde und kam nicht zum Essen.

Freitag, 10. Dezember 2021

Am Vormittag waren Runa und ich beim Fotografen. Ich brachte ihm drei Bilder, welche vergrößert werden mussten. Eines, auf dem Mama jung war und wahnsinnig cool aussah, und zwei aktuellere Bilder von ihr. Der Fotograf meinte, er würde versuchen, die Bilder mit guter Qualität zu vergrößern und sich wieder bei mir melden. Im Anschluss fuhren wir noch in den Baumarkt. Ich wollte einen Stern für das Grab basteln. Ich musste etwas tun, das mir Spaß machte.

Danach reichte die Zeit noch kurz für einen Kaffee bei mir zu Hause. Allerdings ruinierte Runa aus Versehen die Kaffeemaschine. Das brachte mich zum Lachen. Sie rief die Hotline des Herstellers an, aber die Frau am Telefon meinte, da wäre nichts mehr zu machen! Also fuhren nochmals in dasselbe Einkaufszentrum, in dem wir vorher gewesen waren und holten eine neue Maschine. Sie war schon immer tollpatschig.

Am Nachmittag passte mein Papa auf meinen kleinen Sohn auf, damit wir in Ruhe zu dem Termin mit dem Pfarrer gehen konnten. Wir Geschwister trafen uns beim Haus und fuhren gemeinsam zum Pfarrer. Seine Frau hatte mit unserer Mama zusammengearbeitet und sie waren gut befreundet gewesen. Wir kannten die beiden auch und fanden sie sehr nett. Bei ihm zu Hause wurden wir herzlich in Empfang genommen. Er hatte sich schon im Vorfeld Gedanken zur Predigt gemacht und wählte das Thema ‚Offene Rechnungen'. Wir saßen sprachlos da und gingen davon aus, er meinte offene Unstimmigkeiten, die wir nicht mehr mit Mama klären konnten. Dann erklärte er uns aber Folgendes: Unsere Mama hat so viel für andere Menschen getan. Zu keinem Gefallen konnte sie nein sagen. Sie bot aus reinstem Herzen immer und immer wieder ihre Hilfe an. Selbst wenn wir es versucht hätten, wir hätten ihr das, was sie getan hat, nie so zurückgeben können. Und jetzt sollten wir mit diesen Gedanken weiterleben. Wieder waren wir sprachlos. Das passte wie die Faust aufs Auge! Dann sollten wir den Ablauf besprechen und welche Lieder abgespielt werden sollten. Wir entschieden uns nicht für einen klassischen Lebenslauf, sondern jedes von uns Kindern sollte eine Geschichte schreiben, in der wir unsere Mutter beschreiben. Als wir draußen waren, erzählte ich, dass ich ein Gedicht verfassen würde, und meine Geschwister lachten mich aus. Sie glaubten nicht, dass ich dichten konnte. Ich musste selbst lachen! Dann fuhren wir nach Hause.

Circa um 20.00 Uhr gingen Ronja und ich ins Haus zu den Hunden. Mein Bruder verkraftete die Situation nicht, die Hunde in ein Heim geben zu müssen und die Vorbereitungen dazu, deswegen schickten wir ihn aus dem Haus. Dann kamen meine Freundin und ihr Arbeitskollege. Wir versuchten, die Situation zu rechtfertigen, aber das mussten wir gar nicht. Sie hatten öfters mit aggressiven Hunden zu tun. Und dieser Hund kämpfte gerade mit einem großen Verlust. Dann versuchten wir, dem Hund eine Leine um den Hals zu legen und konnten danach draußen warten. Der Hund war aber wegen der fremden Menschen schon nervös. Meine Freundin schaffte es dann locker, ihn anzuleinen, ein Profi eben. Anschließend wurde der Hund betäubt, geimpft, entwurmt und untersucht. Als sie fertig waren, lobten wir den Hund alle ganz euphorisch. Wir flippten regelrecht aus vor Freude. Bis er sich auch freuen und entspannen konnte.

Samstag, 11. Dezember 2021

Es hatte ein bisschen geschneit und ich wollte unbedingt auf dem Hügel vor unserem Wohnblock Schlitten fahren. Felix kam mit einem der beiden Hunde mit. Mein Sohn wollte nicht. Da zu wenig Schnee lag, fuhr ich nur zweimal runter, danach wollte ich auch nicht mehr. Es ging mir wohl eher um das positive Gefühl. Denn der Dezember war mein Lieblingsmonat und ich wollte wenigstens ein bisschen was von diesem haben. An diesem Tag durfte endlich meine Freundin Eva aus der Quarantäne, ihr Stiefsohn hatte nämlich COVID. Sie kam vorbei und es freute mich so, sie endlich zu sehen. Die ganze Woche war sie telefonisch für mich da gewesen und hatte Dinge erledigt, für die ich keine Nerven hatte. Zum Beispiel hatte sie wasserfeste Stifte bestellt, damit wir die Steine anmalen konnten bei der Beerdigung und sie hatte Telefonate für mich geführt. Wir tranken dann noch draußen einen Kaffee und sie ging wieder nachhause.

Montag, 13. Dezember 2021

Nun, ab diesem Tag ging der Alltag wieder los. Ronja und ich mussten wieder zur Arbeit. Um 12.00 Uhr klingelte es. Ich fragte mich, wer das sein konnte. Da stand der Bestatter bei der Eingangstür und reichte mir die frisch gedruckten Einladungen für die Beerdigung. Das war großartig. Ich war so dankbar, denn die mussten so schnell wie möglich zur Post und ich wusste nicht, wann ich die abholen sollte. Also packte ich die Briefe in die beschrifteten Umschläge und ging zur Arbeit. Es fiel mir nicht so schwer wie gedacht. Ich war zwar unkonzentriert und erschöpft, aber der Tag ging schnell vorbei.

Dienstag, 14. Dezember 2021

Meine Freundin Eva kam früh vorbei. Wir fuhren zur Post und wollten die Briefe abgeben, mussten dann aber alle selbst frankieren. Danach gingen wir zum Kiosk nebenan, da an diesem Tag die Todesanzeige in der Zeitung war. Eva rief am Vortag an und reservierte elf Stück. Ich wollte den Verwandten eine Ausgabe geben, weil sie ja diese Zeitung nicht erhielten, da sie weiter weg wohnten. Danach waren wir beim Fotografen. Die Fotos waren schön geworden, auch im vergrößerten Zustand. Wir suchten die passenden Bilderrahmen aus. Die von uns ausgesuchten Rahmen hatten sie aber nicht mehr auf Lager, also mussten sie erst bestellt werden und wir gingen ohne Bilder wieder nach Hause. Bis zum nächsten Tag musste ich dieses Gedicht für die Beerdigung schreiben und ich hatte keine Idee! Mir lief die Zeit davon. Dann betete ich zu Gott und bat ihn um Inspiration. Und tatsächlich, eine halbe Stunde später hatte ich ein schönes Gedicht geschrieben und war sehr zufrieden.

Freitag, 17. Dezember 2021

Die Beerdigung stand an. Ich nahm mir für den Vormittag nichts vor, weil ich innerlich sowieso schon sehr gestresst war. Ronja und mein Partner wollten zum Friedhof spazieren. Der Weg dauert circa 45 Minuten, es geht steil bergauf. Aber mir war es zu kalt, ich war zu gestresst. Es war die Beerdigung meiner Mutter, ich konnte nicht zu Fuß gehen! Schließlich gab mein Partner nach und erklärte sich bereit, zu fahren.

Mittags kam Eva gleichzeitig mit meinem Sohn bei uns an. Sie nahm ihn gleich mit und versorgte ihn mit Mittagessen. Es war ausgemacht, dass sie und Runa auf den Kleinen aufpassen an diesem Tag. Es kam durchaus vor, dass er nicht ruhig sitzen wollte zum Beispiel, und ich hatte ja keine Zeit für ihn, da ich mit allen Menschen reden musste.

Da mein Vater gleich beim Friedhof wohnt, parkten die Verwandten bei ihm. Wir kamen als Letzte an. Unsere beiden Onkel, unsere Tante, Großmutter, Cousins und Cousinen waren schon da. Großmutter war verwirrt. Alle waren unruhig. Das Wetter war trüb, rieselte ein bisschen, aber zum Glück kam kein starker Regen, da alles draußen stattfand.

Wir gingen zum Friedhof. Der Pfarrer und seine Frau waren schon da und umarmten uns zur Begrüßung. Ich lief mit Ronja schon voraus zum Grab, um die Kerzen und Bilder aufzustellen. Dann folgten die anderen und die Beisetzung begann. Die Urne war schon in der Erde. Der Pfarrer betete und sagte ein paar Worte. Dann meinte er, wir hätten noch etwas vorbereitet. Ich nahm die Tüte mit den Steinen und begann von unserer Idee zu erzählen. Jeder solle doch seinen Namen oder etwas anderes auf einen Stein schreiben und ihn dann dazulegen. Die Steine waren aus dem Garten von Mama und wir alle wussten, wie viel ihr dieser bedeutet hatte. Ich weinte und konnte die Worte kaum aussprechen. Meine Geschwister hatten noch Rosen vorbereitet, die wir hinlegen konnten. Ein Tipp: Rosen immer vorher auspacken. Das Papier raschelt ansonsten laut, vor allem wenn keine Schere zur Hand ist. Aber es brachte mich zum Schmunzeln, also danke dafür! Noch ungefähr zehn Minuten blieben uns, bis die Abdankung begann. Wir warteten vor dem Friedhof und begrüßten die Leute. Es war schön zu sehen, wie viele gekommen waren. Danach setzten wir Kinder uns in die vorderste Reihe, was mir sehr unangenehm war. Die Beerdigung begann mit einem Lied. Unsere Geschichten wurden vorgelesen und ich sah Malin an, wie sie versuchte, ihr Lachen zu verstecken bei meinem Gedicht. Dann sagte der Pfarrer etwas, das ich noch nicht wusste. Als meine Mama die Diagnose erhalten hatte, meinte sie, sie müsse noch Backwaren oder eine Bastelarbeit in ihre Arbeit bringen. Das waren ihre ersten Gedanken! Sich noch um andere kümmern und pflichtbewusst ihre Arbeit erledigen! Die Tränen kamen mir, als wir ein Lied von ihrem Lieblingsmusiker hörten.

Die Menschen gingen nacheinander zum Grab. Da sah ich meinen Sohn auf Ronjas Schoß sitzen. Er weinte fürchterlich. Natürlich lief ich direkt zu ihm, nahm ihn in die Arme und weinte mit. Es brach mir das Herz.

Seine geliebte Oma war nun weg. Also gingen mein Partner und ich mit dem Kleinen allein zum Grab. Er weinte und durfte sein Herz, das er zuvor ausgesucht hatte, dazulegen. Es war sehr traurig. Bis er das Bild sah, auf dem Mama jünger war, und meinte, hier liegt jemand Fremdes. Daraufhin mussten wir lachen. Wir gingen zum Ausgang des Friedhofes und verabschiedeten die Menschen.

Da wir wegen des Virus in keine Restaurants durften, aber den Tag auch nicht so enden lassen wollten, trafen wir uns noch bei Papa. Die engsten Freunde und Verwandten. Er hatte einen großen Unterstand im Garten, sein Freund machte Feuer und Tee und es gab Würste mit Brot. Ziemlich einfach, aber auch sehr gemütlich. Eva und Runa spielten mit meinem Sohn und ich merkte langsam, wie ich es nicht mehr aushielt, die Starke zu sein. Für einen Moment kippte meine Stimmung, alles nervte mich. Ich wurde wütend. Danach aber gesellte ich mich zu den Leuten und es wurde ein gemütlicher Nachmittag, wenn man den Grund des Treffens ignorierte.

Nach und nach fuhren die Menschen nach Hause. Zuletzt waren nur noch Malin mit ihrer Familie sowie Papa mit seiner Frau, Ronja und ich da. Obwohl wir schon den ganzen Tag draußen waren, hielten wir die Kälte gut aus. Ich glaube, bis 20.00 Uhr saßen wir ums Feuer. Das war schön. Zu Hause angekommen war ich völlig übermüdet, ging duschen und ins Bett.

Samstag, 18. Dezember 2021

Dieser Tag ist eher verschwommen. Ich weiß noch, dass mein Sohn übers Wochenende bei seinem Vater war und ich mich müde fühlte. Meine beste Freundin hatte aber etwas Großartiges für mich geplant. Da wegen des Virus viele Weihnachtsmärkte nicht stattfinden konnten, fuhr sie mit mir zwei Stunden lang in unsere Lieblingsstadt am See zum Weihnachtsmarkt! Mein Bruder kam spontan mit und es war ein wahnsinnig toller Abend. Wir waren abgelenkt und hatten Spaß. Umgeben vom magischen Weihnachtszauber! Punsch und etwas Leckeres zu essen. Es war wundervoll! Wir haben uns wunderschöne Kerzen gekauft, die mich immer an diesen tollen Tag erinnern werden. Dann fuhren wir wieder zwei Stunden lang nach Hause und hörten Musik!

Freitag, 24. Dezember 2021

Es war Weihnachten. Immer an Heiligabend feierten Ronja und ich mit Mama Weihnachten. Unser bester Freund war auch immer mit dabei. Ich musste an diesem Tag arbeiten und wir einigten uns darauf, dass wir uns trotzdem treffen würden, ohne Mama, aber eher ruhig und ohne viel drum herum. Am Vormittag bekam ich aber eine Krise und rief weinend Ronja an. Das erste Weihnachten ohne Mama. Sie meinte, es sei okay, traurig zu sein und ich solle nichts erzwingen. Aber ich konnte nicht so tun, als wäre alles in Ordnung. Also nahm ich ein Bild von Mama und stellte es unter den Weihnachtsbaum. So war sie auch bei uns.

Am Abend kamen alle zu mir nach Hause. Felix schaute auch noch kurz auf einen Drink vorbei. Der ganze Abend war ruhig und gemütlich. Um 22.00 Uhr machten wir auch schon Feierabend. Ich glaube, es passte so für alle.

Samstag, 25. Dezember 2021

Am Abend waren wir bei Malin zum Feiern eingeladen. Ich kann mich nicht erinnern, wann wir zuletzt zusammen Weihnachten gefeiert haben! Deswegen freuten wir uns alle sehr. Ronja, mein Sohn, mein Partner und ich machten uns auf den Weg. Unsere Tante kam auch mit ihrem Mann. Wir feierten gemütlich und die Kinder konnten miteinander spielen. Es war ein toller Abend und brachte uns als Familie wieder näher zusammen.

Januar der erste Monat nach dem Tod

Die Zeit danach war geprägt von Müdigkeit und Lustlosigkeit. Ich lag oft im Bett, auch am Tag, und schaute fern. Wir funktionierten einfach. Wir schlugen uns mit jeder Menge Rechnungen und Bürokram herum. Suchten eine Wohnung für Felix und kümmerten uns um das Haus. Wenn ich von der Arbeit nach Hause lief, hörte ich Musik. Und jeden Abend bei derselben Kurve kamen mir die Tränen. Ich bekam ein beklemmendes Gefühl und wollte mich am liebsten auf den kalten Boden legen. Aber ich ging immer weiter, obwohl ich nicht nach Hause wollte. Ich wollte nicht mehr die Starke spielen. Am Vormittag lenkte ich mich ab, ging meinen Hobbys nach und machte den Haushalt. Ein- bis zweimal pro Woche ging ich ins Haus und schaute mir jede Kiste an. Sind wichtige Dinge darin oder etwas Wertvolles? Erinnerungen, Müll? Meine Geschwister machten das Gleiche, aber leider funktionierte es nicht so oft, dass wir alle gleichzeitig da sein konnten. Schließlich musste jeder noch arbeiten.

Montag, 17. Januar 2022

An diesem Tag kam zum ersten Mal ein Immobiliengutachter. Ronja und Malin übernahmen das. Er schaute sich das ganze Haus an und schätzte den Verkaufswert.

Freitag, 4. Februar 2022

Wir holten eine zweite Meinung ein. Eva hatte einen Bekannten, welcher uns das Haus kostenlos schätzte und sie blieb während des Termins dabei.

Montag, 7. Februar 2022

Noch fünf Tage, bis mein Bruder ausziehen konnte. Leider hatten wir noch keinen Platz für den einen Hund Maria. Den anderen würde er mitnehmen, aber seine Kapazitäten reichten nicht für zwei Hunde. Also hieß es, ab mit ihr ins Tierheim, doch das in der Nähe hatte schlechte Rezensionen und einen schlechten Ruf. Ich wollte auf keinen Fall, dass der Hund dahin musste. Und tatsächlich passierte ein Wunder, bei dem ich Gottes Hilfe enorm spüren konnte! Eine Frau rief mich an und sagte, sie habe einen Platz für Maria! Ich weinte vor Glück und rief meine Geschwister an. Wir haben tatsächlich einen Platz gefunden!

Donnerstag, 10. Februar 2022

Maria, der Hund, wurde an diesem Tag abgeholt. Ich ging mich vorher noch verabschieden und versuchte, vor ihr nicht zu weinen. Sie war sehr liebesbedürftig und kuschelte sich an mich. Also betete ich für sie, weil ich sonst nicht wusste, was ich tun sollte. Denn ich bin der festen Überzeugung, dass Hunde unsere Stimmungen spüren.
Gegen Mittag ging Ronja ins Haus, um Felix beizustehen. Sie weinte auch. Die Frau kam und machte einen guten Eindruck! Auch wenn der Abschied wehtat, wussten wir, dass es dem Hund gut gehen würde. Maria, der Hund, ging auch ohne zu zögern mit der Frau mit. Wir bekommen täglich Fotos und Videos von ihr und sie scheint glücklich zu sein!

Samstag, 12. Februar 2022

Um 9.00 Uhr trafen wir uns beim Haus. Freunde und Verwandte waren da, um beim Umzug von Felix zu helfen. Tatsächlich waren wir sehr schnell fertig und alles verlief reibungslos! Er hatte einen Neustart in einer großartigen Wohnung! Doch ich verspürte den ganzen Tag eine Unsicherheit. Es fiel ihm nicht leicht. Also blieben Ronja und ich noch zum Kaffee, gingen dann für ein paar Stunden nach Hause und kamen zum Abendessen wieder. Er freute sich. Der Hund fühlte sich wohl und machte einen guten Eindruck. Der Abend war entspannt und wir sahen eine positive Veränderung von Felix.

Schlusswort

In solchen extremen Situationen kann ich mir vorstellen, dass sich viele Familien entzweien. Unsere Familie hielt zusammen. Auch wenn wir uns nicht in allen Punkten einig waren, haben wir nun dennoch intensiveren Kontakt als zuvor. Wir können zusammen lachen. Auch die Hilfsbereitschaft fremder Menschen und nahestehender Menschen lernte ich neu kennen. Dafür bin ich sehr dankbar. Ich habe versucht, dieses Buch möglichst wertfrei zu schreiben. Sollte ich dennoch jemanden verletzen damit, dann tut es mir leid. Ich wollte lediglich mein Empfinden zusammenfassen. Allen Menschen, die in einer ähnlichen Situation sind, die ein Elternteil verlieren oder erkranken, möchte ich tiefste Stärke wünschen. Sei es noch so schwer! Akzeptiert Tatsachen, die ihr nicht ändern könnt. Vergebt einander. Seid ehrlich und nehmt eure Gefühle wahr!

Danksagung

Mein größter Dank geht an meine besten Freundinnen Eva und Runa! Ihr wart mir eine große Stütze und immer für mich da.

Auch sehr dankbar bin ich meinen Geschwistern sowie unserem Vater und unserer Stiefmutter. Dass wir so gut zusammengearbeitet haben, bedeutet mir viel.

Danke an die ehemaligen Arbeitskollegen meiner Mutter. Ihr hattet sehr viel Verständnis für die Situation und Mama wurde sehr geschätzt. Ich möchte allen danken die uns, und unserer Mutter während der Krankheit beigestanden haben. Und uns ihre Hilfe angeboten haben.

Besonders Dankbar bin ich auch meiner Tante, Mamas Schwester, für ihre Hilfe.

Bewerten Sie dieses Buch auf unserer Homepage!

www.novumverlag.com

Die Autorin

Der Berufsweg der 1992 in der Schweiz geborenen Jeanne de Bel ist vielseitig. Nach dem Besuch der Schule absolvierte sie zunächst ein Büropraktikum, danach begann sie die Ausbildung als Friseurin. Schließlich wanderte sie nach Deutschland aus und schloss eine Ausbildung im Verkauf ab. In diesem Bereich ist sie tätig. Jeanne de Bel lebt heute mit ihrem Sohn in Zofingen, eine Kleinstadt in der Schweiz. Das Schreiben war schon immer ein Hobby von Ihr. Als ihr diese traurige Geschichte widerfährt, entschied sie sich zum ersten Mal etwas von ihr zu veröffentlichen.

Der Verlag

> *Wer aufhört besser zu werden, hat aufgehört gut zu sein!*

Basierend auf diesem Motto ist es dem novum Verlag ein Anliegen, neue Manuskripte aufzuspüren, zu veröffentlichen und deren Autoren langfristig zu fördern. Mittlerweile gilt der 1997 gegründete und mehrfach prämierte Verlag als Spezialist für Neuautoren in Deutschland, Österreich und der Schweiz.

Für jedes neue Manuskript wird innerhalb weniger Wochen eine kostenfreie, unverbindliche Lektorats-Prüfung erstellt.

Weitere Informationen zum Verlag und seinen Büchern finden Sie im Internet unter:

www.novumverlag.com